지니의 퍼즐

JINI NO PUZZLE

ⓒ Sil CHE, 2022
All rights reserved.
Original Japanese edition published by KODANSHA LTD.
Korean translation rights arranged with KODANSHA LTD.
through JM Contents Agency Co.

이 책의 한국어판 저작권은 JM Contents Agency Co.를 통해
KODANSHA LTD. 와 독점계약을 맺은 다산북스에 있습니다.
저작권법에 의해 한국 내에서 보호를 받는 저작물이므로
무단전재와 무단복제를 금합니다.

지니의 퍼즐

ジニのパズル

최실 소설
정수윤 옮김

일러두기
주석은 모두 옮긴이 수입니다.

목차

지니의 퍼즐　007

한국어판에 부쳐　175

옮긴이의 글　179

거기, 없다

 그날도 평소와 다를 바 없었다. 학교는, 여전히 잔혹한 곳이다.
 아까 생물 시간에는 존이라고, 투명한 그림자를 가진 호리호리한 백인 남자아이가 또 울음을 터뜨리며 책상 아래로 숨었다. 그러더니 벌렁 드러누워 갓난아기가 떼쓰듯 울면서 바닥을 쾅쾅 쳤다. 전에도 그런 적이 있었다. 존은 갑자기 울어대는 아이였다. 존의 감수성은 보통 사람보다 훨씬 풍부했다. 그러니까 그때는, 교과서에서 토끼 해부도라도 보고 상처받은 건지도 모른다. 어쩌면 존은 세상에서 가장 상냥한 아이였다.
 아무튼 학교란 정말이지 잔혹한 곳이다. 아니, 학교라기보다 이 세상이 그런 것 같다. 수업은 이 세상과 마찬가지로 멈추지 않고 나아갔다. 존 따위는 아예 존재하지 않는 듯이.

그렇게 울부짖는데 아무도 듣지 않았다. 우리 학교에 열심히 공부하는 학생이 있을 리 없는데, 그때는 다들 교과서를 물고 늘어질 기세로 앉아 있었다. 하지만 누가 봐도 책이 재미있어서 그러는 게 아니었기에 대단히 이상한 광경이었다. 흡사 어제 잠을 잘못 자서 그 자세 그대로 구부정해진 것처럼—그때, 교실에 있는 전원이 그랬다.

존이 그런 아이라는 건 학교에 모르는 사람이 없었다. 그럼에도 존과 한 책상에 앉는 아이들이 꼭 있었다. 그 애들은 존이 울어댈 때야 비로소 깨달았다—"거기 있었구나" 하고.

수업 전부터 한 책상에 앉아 있었으면서, 마치 존이 순간이동이라도 해서 불현듯 거기 나타났다는 표정이었다.

그 애들은 아주 불쾌한 눈초리로 존을 봤다. 감염률 높은 세균이라도 보는 듯한 눈이었다. 손만 대도 손가락이 붓고 가려워 온종일 찜찜한 기분이 들 거라는, 다들 그런 눈을 하고 있었다. 그렇다고 자리를 옮기기도 뭣하다. 옮기든 말든 어차피 똑같았다. 교실 전체가 감염된 것 같은 분위기였으니까.

이상한 일이다. 교실에 학생은 겨우 스무 명 남짓인데, 나도 존이 울기 시작해서야 비로소 존이 거기 있었다고 깨달을 때가 있다. 존은 울지 않는 동안에는 세상에서, 아니 우주에서 자기 모습을 가장 잘 숨겼다. 숨바꼭질한다면 매번 이길 뿐만 아니라 존이 아직 숨어 있다는 사실조차 잊고 다들 집으로 돌아가겠지. 다음 날까지 아무도 눈치채지 못하리라.

학교 애들은 존이 복도를 걷는 걸 본 적이 없다고 했다. 나도 이 학교로 전학한 지 1년 반이 지나도록 교실 밖에서 존을 본 적이 없다. 존이 교실로 들어오는 모습도 본 적이 없다. 문득 돌아보면 존은 어느새 의자에 투명한 그림자를 드리우고 있었다.

유일하게 선생님만큼은 여러 번 존을 봤다. 하긴 저렇게 울고불고 소란을 피우니 눈길 한번 안 주는 게 더 이상한 얘기겠지. 하지만 아예 존을 안 보는 학생도 있었다. 특히 남자애들이 그랬다. 보는 것만으로도 병이 옮는다고 생각하는 걸까.

그렇다는 얘기다. 선생님은 몇 차례나 존을 봤다. 나는 어쩌다가 존을 보는 선생님의 얼굴을 봤는데, 기분이 정말 최악이었다. 침대 시트에 들러붙은 지긋지긋한 진드기라도 보는 것 같은 눈이었다. 내 자식이 아니라 천만다행이다 싶은 얼굴로 존을 외면하며, 딴 학생들처럼 존이 교실에 없는 셈 쳤다.

그리고 수업은 계속되었다. 존은 한층 더 목청껏 울었다. 그 순간 세상은 실소했다. 존은 더욱 울어댔다. 반대편 주에서 부시 대통령이 더 많은 군인을 이라크로 보냈다. 존은 더욱더 울어젖혔다. 같은 시기에 나의 영웅 마이클 잭슨이 성적 학대 혐의로 체포되었다. 존은 비명을 지르며 지면을 부술 듯 발을 굴러댔다. 그래도 변함없이 쇠똥구리는 똥을 굴렸다. 정말이지, 이 세상은 훌륭한 곳이야.

존이 설치며 지축을 흔들어대는 통에 조만간 지구에 금이라도 가는 게 아닐까 싶었다. 하지만 존은 그런 위업을 달성하는 일 없이 10분쯤 지나자 완전히 울음을 그쳤다. 무시당했다는 사실을 지우려는 듯, 애초에 운 적 따위 없다는 기색으로 팔락팔락 교과서를 넘겼다. 존은 마지막으로 딱 한 번, 토끼 해부도를 봤다. 더는 울지 않았다. 나는 존이 가여웠다. 존에게서 시선을 돌려, 지루한 시간이 빨리 지나길 빌며 시계를 봤다.

신발

✜

 전교생의 로커가 늘어선 긴 복도 바닥에 자리를 잡고 앉았다. 복도 끝에서 끝까지는 느릿느릿 걸어도 2분이 채 안 걸린다.

 접착테이프로 둘둘 말아 비참하게 수리한 헤드폰을 끼고, 라디오헤드의 두 번째 앨범 《더 벤즈》를 틀었다. 그렇게 눈앞에 오가는 신발을 쳐다보는 것이 나의 일과였다.

 지면과 가까운 탓인지 비 냄새가 강하게 났다. 그 축축하고 우울한 냄새가 내겐 꿀처럼 달콤하다. 다들 신발 밑창이 젖어서 복도는 미끄러지기 쉬운 상태였다. 하지만 그것도 늘 있는 일이었다.

 오리건주에서 비가 오지 않는 건 6월부터 8월까지, 여름

시즌뿐이다. 그 외엔 거의 매일 비가 내렸다. 자살하는 사람이 유난히 많은 주일 것 같았는데, 북쪽 워싱턴주가 더 많다고 들었다.

나는 복도가 얼마나 젖어 있든, 거기 자갈이 섞여 있든 말든 개의치 않고 엉덩이를 대고 앉았다.

시골이랄 정도로 시골은 아니지만 결코 도시라고도 할 수 없는 곳의, 녹음에 둘러싸인 작은 고등학교였다. 학교에서 약간 떨어진 버스 정류장에서 다운타운 방향으로 20분만 타고 가면 빌딩도 있고 유명 패션브랜드 매장도 몇 개쯤 줄지어 있다. 하지만 학교 주차장 나무에 다람쥐가 살고 있으니 도시라곤 할 수 없었다.

이 마을은 물건을 살 수 있는 가게나 시설이 한정돼 있었다. 어디로 갈지는 듣고 있는 음악에 따라 정했다. 부모님이 보내주시는 용돈으로 생활하는 가난한 고등학생이라, 가봐야 쇼핑몰 저가 브랜드나 다 무너져 가는 개인 상점이 고작이다.

그런데도 전교생 200명의 신발이 거의 겹치지 않는다는 게 신기하다. 다들 각기 다른 신발을 신고 있었다. 그러니 매일 로커 앞에 앉아 온종일 신발을 봐도, 다음 날이면 그게 누구 신발인지 까맣게 잊었다. 내가 이름을 부르며 얘기를 나누는 애는 한 손에 꼽을 정도니까 그럴 만도 하다.

오가는 신발들을 보고 있는데, 나와 약간 거리가 있는 곳에서 감자칩이 떨어졌다. 감자칩은 수업을 들으러 가는 학생들 신발 사이를 굴러다니며 어떻게든 찌부러지지 않으려고 우왕좌왕했다. 하지만 가엾게도 그 발버둥은 단 몇 초 만에 징 박힌 검은 부츠에 짓밟혀 산산조각 났다. 그 광경을 보자 지독히 감상적인 기분이 들었다. 감자칩의 사체 일부를 가져간 신발 밑창을 엿보고 싶었지만, 그것도 눈 깜짝할 사이 시야 밖으로 사라졌다.

매일 그렇게 신발을 보다 보니, 신발의 얼룩과 구겨진 상태에도 센스가 존재한다는 걸 알게 됐다. 얼룩 하나에도 느낌이 있는 게 있고, 그냥 얼룩인 게 있다. 또 그 얼룩과 걸음걸이를 조합해 보면 묘하게 인간성이 드러난다는 생각까지 들었다. 예를 들어, 단순히 더러운 신발을 신은 사람의 걸음걸이에는 리듬이 없다. 게다가 지면에서 약간 붕 뜬 것처럼 보인다. 차분함이 없다고 할까. 지나치게 주변을 신경 쓰며 걷는 탓인지도 모른다. 남에게 피해를 안 주려고 조심하고, 귀찮은 일에 휘말리지 않으려고 주의를 기울이는. 이런 얼룩은 뭘 하다 묻은 게 아니라 일상에서 문득 정신을 차려보니 묻어 있는 경우다. 한편, 얼룩에도 센스가 있는 신발을 신은 사람은 한 걸음 한 걸음 발꿈치까지 제대로 지면에 발을 붙인다. 리듬도 있고 자신감이 넘친다. 신발에

생긴 얼룩도 뭔가 특별한 일을 하다가 묻은 것처럼 보인다. 운동이나 산책 같은 게 아니라 대단히 흥미로운 이야기를 품고 있을 것 같은 예감이 든다. 얼룩진 신발을 보며, 거기 더러워졌어, 라고 할 것인가, 그건 뭐 하다 묻었어? 하고 물을 것인가. 그런 단순한 차이가 있다.

나는 이 작은 고등학교의 인간 대부분을 알지 못했다. 그래서 각종 신발을 보며 남몰래 깎아내리기도 했지만, 나처럼 몇 해 내내 신어 낡아버린 캔버스화에 검은 유성펜으로 'No Fun'이라고, 록밴드 섹스피스톨스가 1978년에 마지막으로 연주한 곡명을 써서 뭔가 주장해 보려는 신발은 그중에서도 제일 시시하다고 생각한다. 다른 한 짝엔 그림책 캐릭터를 그려 넣었으니 말 다 했다.

더럽다기보다 슬슬 변색하고 있다. 이런 신발을 신은 인간에게 대단한 이야기가 있을 리 없다. 이건 누가 봐도 한참 전에 유통기한이 끝난, 그저 오래 신어 낡아버린 신발일 뿐이니까.

So long

기분 내키는 대로 혼자 조용히 시간을 보내고 있는데, 매기가 다가왔다.

드물게 한 손에 꼽는 친구다. 한 손이라지만 손가락 다섯 개를 다 쓸 일은 없다. 꼽을 수 있는 건 한 손가락뿐이다.

매기의 눈동자는 초록색이었다.

'뭐 들어?'

매기가 그렇게 쓴 종이를 내게 건넸다.

'오늘 같은 날씨에 딱 어울리는 곡이야.'

나도 종이에 이렇게 써서 매기에게 건넸다. 매기는 그걸 읽고 종이를 뒤집었다.

'오늘이 어떤 날인데?'

매기는 소리 없이 키득키득 웃으며 다시 종이를 건넸다.

나는 일어나 로커 안에서 A4 크기의 노트를 꺼낸 다음, 매기와 어깨동무를 하며 다시 앉았다.

'아주 고요하고 거짓말처럼 차분해. 이런 날은 진짜 오랜만이야. 매기, 넌 어때? 너한텐 어떤 날이야?'

'너무 시끄러워. 머릿속이 복잡해.'

'왜? 무슨 일 있었어?'

'남자 친구랑 헤어질 것 같아.'

내가 다 읽고서 고개를 들자, 매기는 난감하다는 듯 어깨를 으쓱했다. 그러고는 다시 펜을 놀렸다.

'네가 부러워. 나도 너처럼 고요하고 차분한 나날을 보내고 싶어.'

나는 써도 될까? 하고 묻듯 펜을 가리켰다. 매기는 그럼, 하고 손바닥을 뒤집어 펜을 줬다. 복도를 오가는 발소리가 쉼 없이 우리 앞을 지나갔다.

'근데 있지, 지금 매기 너랑 이렇게 이야기하다 보니까 슬퍼진다. 우리 이제 못 만나. 오늘이 마지막 날이거든.'

'마지막이라니, 무슨 소리야? 어디 가?'

'응. 일본으로 돌아가.'

'갑자기 왜? 식구들한테 무슨 일 생겼어?'

'아니, 가족은 괜찮아. 퇴학당했을 뿐이야.'

매기가 얼떨떨한 표정으로 입을 떡 벌렸다. 예전에 잡지에서 그런 얼굴을 한 심해어를 본 적이 있다.

'왜? 퇴학당할 만한 일 한 적 없잖아.'

'아무것도 안 했지. 하지만 정말로 아무것도 안 했어. 그게 문제였나 봐. 이 학교에 온 뒤로는 진짜 아무것도 안 했거든.'

나는 그렇게 썼다.

'그럼, 지금부터 하면 되잖아. 어떻게 안 될까?'

'어떻게 할 맘이 없어. 이제 됐어. 나한텐 학교가 안 맞나봐. 그냥 그게 다야.'

매기는 슬픈 눈을 들어 나를 봤다. 그 눈동자에는 뭔가 깨달은 듯한 깊은 이해가 담겨 있었다.

늘 그랬다. 매기는 말 한마디에도 그 단어의 뒷면까지 건져 올릴 만큼, 이해를 품은 눈동자로 응시한다. 특히 복잡하게 비틀린 사람의 말을 깊이 이해했다. 하지만 매기가 대단한 건 그런 게 아니다. 매기는 뭘 알아도 결코 함부로 입을 놀리지 않았다. 누구 말이든 긍정도 부정도 하지 않았다. 항상 있는 그대로 받아들였다. 그래서 나는 정말로 매기가 좋았다.

'나도 학교에 있기 싫어. 이렇게 종이에 쓰는 거, 귀찮아하지 않고 받아주는 건 너뿐이야. 다른 애들이나 보통 사람

들은 귀찮아서 안 하려고 해.'

'하지만 그것 때문에 미술 시간에 엄청 혼났잖아. 그날 뭘 그렸더라. 무지개였나. 우린 두 장 양면에 글씨만 가득 채워서 미시즈 피어스 얼굴이 붉으락푸르락했지.'

매기는 눈으로 글자를 좇다가, 그날 일이 떠오른 듯 소리 없이 웃음을 터뜨렸다. 나도 똑같이 소리 없이 배를 잡고 웃었다. 사실 난 소리를 내도 상관없었다. 하지만 매기와 함께 있을 때는 나도 덩달아 목소리를 잃었다.

고요한 공기를 가르며 화재 경보음처럼 학교 종이 울렸다.

'벌써 수업 시작했다. 너 다음 수업 없어?'

아주 큰 소리라면 매기에게도 조금은 들렸다. 하지만 혹시나 하는 마음에 알려줘야겠다고 생각했다.

'있지만 안 들어갈까 봐.'

매기는 익살스레 혀를 내밀었다. 그리고 가만히 복도를 바라봤다.

'그런 짓 하면 안 돼. 퇴학당할지도 몰라.'

반쯤은 농담이었는데도 매기는 진지하게 받아들인 것 같았다.

'졸업까지 반년도 안 남았는데 정말 너무하네. 어쩜 그럴 수가 있지?'

매기는 화난 듯 주먹으로 손바닥을 쳤다. 그건 어쩌면 수화 동작이었을까. 나는 화난 매기를 보고 은근히 기뻤다. 내가 사라지는 데 관심을 가져 주는 사람이 한 사람이라도 있다는 게 기뻤다. 그 마음을 못 전한 걸 후회하기 싫어서 종이에 썼다.

'하지만 솔직히 한 명이라도 나에게 마음 써주는 사람이 있어서 행복해. 물론 슬프기도 하고. 널 못 만나는 게 제일 아쉬워.'

매기는 옆에서 엿보듯이 내 펜의 흔적을 따랐다. 내가 글을 다 쓰자마자, 매기는 아주 멋진 아이디어가 떠오른 사람처럼 두 팔을 활짝 펼쳤다. 그리고는 내 손에서 펜을 휙 빼앗아 작곡이라도 하듯 몸을 흔들며 펜을 휘갈겼다. 매기가 뭔가를 쓰는 동안 나는 다시 일어나 필통에서 다른 펜을 꺼냈다.

읽어봐, 어서, 하고 재촉하듯 매기는 노트로 내 무릎을 두 번 쳤다.

'졸업하면 알래스카로 갈 생각이야. 그러니까 여행하러 와. 알래스카에서 다시 만나자.'

안경 너머로 보이는 초록색 눈동자가 에메랄드처럼 반짝반짝 빛났다.

'알래스카라고! 매기, 총소리 못 들어서 곰한테 잡아먹히면 어쩌려고!'

매기는 팔꿈치로 내 팔을 쿡 찌르더니 팔짱을 끼고 노려봤다.

'농담이야, 농담.'

'알고 있어!'

그렇게 쓴 뒤 매기는 새끼손가락을 세웠다. 알래스카에 온다고 손가락 걸고서 맹세하라는 뜻이었다. 그런 건 무책임한 약속이야, 나는 난처한 얼굴로 어깨를 으쓱했다. 그래도 매기는 끈질기게 손가락을 걸라고 했다. 결국은 알래스카에 가겠다고 약속했다.

매기는 만족스러운 표정으로 일어서더니 날 힘껏 껴안았다. 가까이 앉은 그대로 일어선 탓에 어쩐지 어색한 포옹이 됐다. 매기의 머리칼이 입에 들어오기 직전이었다. 더구나 내 팔은 매기의 팔에 꽁꽁 매여 옴짝달싹할 수가 없었다. 제대로 안아줄 순 없었지만, 어떻게든 팔을 펴 매기의 등을 가볍게 두어 번 두드렸다.

나는 몸을 빼다가 헤어지기 아쉬워 한 번 더 매기를 껴안았다. 두 번째 포옹은 제대로 됐다. 매기의 등에 팔을 둘렀을 때 눈물이 날 것만 같았다. 하는 수 없이 매기의 어깨를 잡고 그 애를 반 바퀴 빙 돌렸다. 그리고 억지로 등을 떠밀며 수업을 들으러 가라는 몸짓을 했다. 매기는 풀이 죽어 겨우 발걸음을 옮겼다. 그제야 조금 마음이 놓였다.

복도엔 학생이 드문드문 보일 뿐이다. 교실 문에서 현관으로 늘어선 푸른 로커 사이를, 매기는 발소리도 없이 걸었다. 딱 한 번 뒤돌아봤다. 서로 눈이 마주쳤을 때, 우리의 입가에 힘없이 옅은 미소가 번졌다.

교실로 터덜터덜 걸어가는 매기의 뒷모습은 마치 무리에서 떨어진 빨간 코 루돌프 같았다. 조금 안돼 보였다. 하지만 그렇게 보인 건 내가 외로운 탓인지도 모른다. 엉겁결에 주머니에서 라이터를 꺼내 매기의 어깨를 향해 던졌다. 라이터는 멋지게 적중했다. 매기는 장난감 총에 맞은 새처럼 놀라며 그 자리에서 폴짝 뛰어올랐다.

"알래스카!"

내가 소리 내 말했다. 소리를 내지 않고 말하면, 영어가 모어가 아닌 나의 경우에는, 입이나 혀의 움직임이 실패하는 일이 잦았으니까.

매기는 긍정도 부정도 아닌, 산뜻한 눈동자로 미소 지었다. 초록색 눈동자는 정말로 평화를 상징하는 듯했다.

매기는 복도에 떨어진 라이터를 줍더니 복수하듯 도로 던졌다. 나는 두 손으로 깔끔하게 받아냈다.

"알래스카!"

그렇게 입술을 움직이는 매기의 말을, 나는 분명 제대로 받아들였다.

선택지

불쾌할 정도로 무거운 공기가 흘렀다. 교장은 이따금 억지 한숨을 내쉬고 헛기침했다. 좁은 공간에서 세 사람 이상이 침묵하는 걸 별로 좋아하지 않는다. 음악이라도 있으면 그나마 나을 텐데. 록을 틀라는 게 아니다. 틀어만 준다면 찬송가라도 불만은 없었다.

교장실은 이 고등학교에서 제일 좁은 방이었다. 교무실보다 좁아서, 책상 뒤에 앉은 교장 미스터 워커를 빼면 어른이 세 명만 들어와도 방이 꽉 찼다. 교장도 수업을 맡고 있기에 교장실에 틀어박혀 있는 일은 거의 없었다. 사무적인 학교 일은 모두 미시즈 밀러라는 할머니가 대신했다.

문에서 제일 가까운 자리에 앉아 전체를 조망하고 있던

건 바로 장막 뒤의 교장인 미시즈 밀러였다. 얼굴을 본 적이 거의 없어서 처음 만난 사람이나 마찬가지였다. 백발의 쇼트커트였는데, 타고난 건지 만든 건지 몰라도 아무튼 컬이 멋지게 들어가 있었다. 일부러 한 거라면 꽤 센스가 돋보인다. 자신에게 뭐가 어울리는지 잘 알고 있다. 쇼트커트에 펌이라니, 내겐 그런 용기가 없다.

미시즈 밀러는 여러 권의 파일을 펼쳐놓고 바쁜 듯 메모했다. 신경이 다소 날카로워 보였다. 말 걸 틈조차 주지 않았다. 내 앞에 견고한 벽을 세우고 입도 뻥긋하지 않으면서 충분히 존재감을 드러내는 걸 보면, 모르긴 몰라도 성격이 보통 사악한 게 아니리라. 미시즈 밀러가 바삐 서류를 작성하는 모습을 보고 있노라니 병원이나 경찰서라도 온 것처럼 기가 죽었다.

정말이지 온통 다 연출된 가짜 같았다. 창으로 쏟아지는 어스름하고 기운 없는 태양 빛도, 창가에 놓인 식물도, 벽에 걸린 개교 이래 첫 졸업생들의 세피아색 사진도, 마치 이 순간을 위해 꾸며놓은 미술품 같았다. 사진 속 학생들은 모두 푸른 가운을 입고 있었고, 몇 명은 자랑스럽게 학사모를 하늘 높이 던지고 있었다. 그런 차림으로 사람을 바보 취급하듯 잇몸까지 드러내며 웃고 있어서 나는 한층 더 우울했다.

하는 수 없이 창밖을 내다봤다. 빗방울이 혼신의 힘을 다해 유리창에 부딪히곤, 분하다, 하고 분통을 터뜨리듯 흘러내렸다. 전에도 본 적이 있는 광경이었다. 그때는 빗방울이 아니라 더러운 걸레였는데. 하긴 지금은 아무래도 상관없는 얘기다.

"지니."

교장이 이름을 불렀다. 아마도 내 이름 같다. 아니, 내 이름이 분명하다.

"하고 싶은 말 있니?"

교장은 책상 위로 끼고 있던 팔짱을 풀며 말했다. 할리우드 영화라도 보는 줄 알았다. 때마침 할리우드 영화에 질려 있었기에 더 맥이 풀렸다.

나는 얼굴에 아쉬운 빛을 역력히 드러내며 정확히 두 번 고개를 가로저었다.

"이대로 괜찮겠어? 정말 여기서 끝내도 되겠어?"

교장이 끈질기게 물었다. 미시즈 밀러는 서류를 뒤적거렸다.

바라는 바다, 라는 말 대신 고개를 크게 한 번 끄덕였다.

"스테퍼니는 뭐라고 할까? 그런 생각은 안 해봤니?"

"스테퍼니요?" 나는 되물었다.

"그래, 너한테 소중한 사람이잖아?"

맞다. 스테퍼니는 소중한 사람이다. 하지만 그게 퇴학이랑 무슨 상관이지. 퇴학을 결정한 건 내가 아니라 교장이잖아. 스테퍼니가 슬퍼한다면 그건 교장 탓이리라. 아니면 내 탓이라고 하고 싶은 건가.

귀찮다, 정말. 긍정도 못 하고 부정도 못 할 이야길 끄집어내면, 그 자리가 한층 거북해진다.

오른팔을 의자 팔걸이에 짚고서 입가에 손을 댔다. 이렇게 하면 코 밑이 전혀 보이지 않는다. 대꾸할 말이 없을 땐 입을 다무는 것만으로는 성에 차지 않아서, 이렇게 꼼꼼히 감추는 버릇이 있었다.

창가에 놓인 관엽식물보다도 침착하게, 빛도 물도 내겐 필요 없어요, 라고 하는 듯한 도도한 태도를 취해 보였다. 불필요한 산소를 들이마시며 연기를 하는 내게 교장은 동정 어린 눈길을 보냈다. 미시즈 밀러는 그 모습을 냉정한 표정으로 관찰하고 있었다.

"알았다. 오늘은 이만 돌아가라." 교장이 말했다.

······오늘은?

"집에 가서 스테퍼니하고 잘 얘기해 봐."

······뭘?

"그래도 학교를 그만두고 싶다면 그때 퇴학 조치를 하겠다. 그러고 나면 다시 돌아오고 싶어도 못 와. 퇴학이 결정

되면 그땐 정말 끝이야. 알겠니?"

전혀 모르겠다.

"왜요? 오늘 아침엔 퇴학이라면서요. 그건 뭐였죠?"

"퇴학당했다고 믿고 오전 시간을 보내다 보면 네가 뭔가 깨달을 줄 알았지. 그러니까 너한테 두 번이나 기회를 준 거야. 하지만 세 번은 없다. 기회는 두 번뿐이야."

교장이 말을 마치자 미시즈 밀러의 펜 놀림이 빨라졌다. 새로운 시상이라도 떠오른 사람처럼 엄청난 기세로 적어나갔다.

"자, 그만 가봐. 결심이 서면 다시 오너라. 단, 사흘 안에 와야 한다. 그 이상은 못 기다려."

교장은 그렇게 말했고, 나는 교장실을 나왔다.

이 학교에서 제일 시시한 신발을 신은 나의 이야기는 마냥 웃을 수만은 없는 블랙 코미디 영화 같다.

가방을 가지러 다시 로커에 들렀다. 다른 애들 로커에는 사진이나 유명인 잡지 기사 같은 게 붙어 있어서 필요 이상으로 화려했지만, 내 로커는 언제나 푸른색 그대로였다. 로커를 닫자 녹슨 철 소리가 조용한 복도에 울렸다. 조금 떨어진 곳에 있던 치어리더 캔디스와 눈이 마주쳤다. 서로 빙긋 웃는 일도 없이 나는 학교를 뒤로했다.

밖으로 나오니 늘 그렇듯 비가 내리고 있었다. 파카 후드를 머리에 뒤집어쓰고 걷기 시작했다. 하늘은 먼 데까지 잿빛으로 묵직하다. 태양은 구름 너머로 종종 날 엿보듯 쳐다봤다.

도로로 나와서 나처럼 파카 후드를 뒤집어쓴 사람들을 만났다. 코끝에서부터 입가까지밖에 안 보이니까 무슨 범죄자 같았다. 그들은 모두 청바지 주머니에 손을 찔러 넣고, 빗방울이 떨어지는 아스팔트를 응시하고 있었다. 나도 꽁꽁 언 두 손을 주머니에 넣고 추위를 녹였다.

고개를 숙인 건 비 때문이다. 다들 그렇게 말하는 얼굴이었다. 그들이 옳은지도 모른다. 이런 하늘 아래를 태연한 얼굴로 걷는 사람들에게, 인생의 목적이라는 게 있겠는가.

스테퍼니

❧

 학교—혹은 이 세상에서 이리저리 떠밀리듯 도쿄, 하와이를 거쳐 오리건주로 온 나를 만난 불운한 사람은 홈스테이 아주머니 스테퍼니였다. 이건 나중에 알게 된 사실인데 스테퍼니는 그 지역에서 유명하고, 이름뿐만 아니라 얼굴까지 알려진 그림책 작가였다. 그것도 칼데콧상을 받은. 그래서 『구덩이 속 소년』의 표지에는 올림픽 금메달처럼 반짝이는 스티커가 붙어 있었다.

 스테퍼니의 집에는 작업실뿐만 아니라 곳곳에 아무렇게나 구겨진 종이가 굴러다녔다. 갑자기 떠오른 아이디어나 그림을 종이에 끼적이곤 그냥 잊어버리는 버릇이 있어서, 고릴라 같은 지성 있는 동물이 그린 것처럼 보이는 해독이

어려운 그림과 노스트라다무스의 예언 같은 문장이 흩어져 있었다. 제일 처음 주운 종이엔 이런 게 쓰여 있었다―'하늘이 무너진다. 어디로 도망칠까?'

나는 창밖으로 하늘을 올려다봤다. 등골이 오싹했다. 하늘은 말할 것도 없이 끝없이 이어져 있다. 저 하늘이 무너진다고? 그럼, 어디로 도망칠까.

뭐든 진지하게 받아들이는 성격은 아니지만 이 예언만큼은 왠지 두려웠다. 집 안을 배회하며 구겨진 종이가 또 없을까 찾아 헤맸다. 어디로 도망치면 좋을까. 그 뒷이야기가 있을 것 같았다. 하지만 종이는 어디도 없었다. 스테퍼니에게 물어볼 수도 없는 노릇이었다. 바닥에 떨어진 종이라 해도 그걸 주워 함부로 읽는 아이란 걸 알면, 답을 알기도 전에 쫓겨날지도 모른다.

나는 답을 찾아야 했다. 다음 날도 그다음 날도 종이를 찾았다. 겨우 뭔가를 찾아낸 건 일주일 후였다. 장소는 화장실 변기 뒤. 먼지가 살짝 내려앉아 있었다. 아랑곳하지 않고 종이를 집어 펼쳤다. 작은 요정 같기도 하고 우주인 같기도 한 남자아이 그림이었다. 그늘진 표정이 흡사 거울에 비친 내 얼굴 같았다.

스테퍼니는 늘 집에 있었다. 온종일 작업실에 틀어박혀서 화장실 갈 때 빼고는 밖에 나오지 않는 날이 있는가 하면, 거실에서 미아처럼 우왕좌왕하는 날도 있었다. 그런 날이면 나는 아무 데도 안 나가고 거실에서 책을 읽었다. 그리고 책 그늘에 숨어 물끄러미 스테퍼니를 응시했다.

문득 뭔가 떠오른 표정이다 싶다가도 곧바로 아, 하는 소리를 내며 낙담했다. 그럴 때 스테퍼니는 나의 존재조차 깨닫지 못했다. 뒷산이 분화해 주변이 화산재로 새까맣게 뒤덮인다 해도, 비 섞인 그을음 냄새가 악마처럼 집 안을 꽉 메운다 해도 깨닫지 못하리라. 스테퍼니와 나는 서로 전혀 다른 차원에 존재하는 듯했다. 나는 결코 그 경계를 넘지 않았다.

나 혼자 뒤뜰을 지나 산속으로 탐험을 떠나는 걸 차마 못 보겠는지, 아니면 작품이 일단락 지어졌기 때문인지, 스테퍼니는 산책이라도 하자며 날 데리고 나갈 때가 있었다.

첫 산책은 내가 하와이의 가톨릭고등학교에서 쫓겨나 오리건에 정착하고 맞은 첫 여름인 6월 말이었다.

스테퍼니는 만년설이 쌓인 후드산 기슭까지 차를 몰았다. 우리는 그 지역 주민이 아니고서는 그냥 지나쳐버릴 법한 헛간 비슷한 카페로 들어가, 바람에 실려 온 말 냄새를 맡으며 커다란 머그잔에 담긴 뜨거운 코코아를 마셨다. 그렇게 한 시간 가까이 침묵한 채 그저 멍하니 시간을 보냈다.

스테퍼니와 함께한 침묵의 시간은 바람을 쐬듯 기분이

좋았다. 코코아를 다 마시면 머그잔이 비는 것처럼 자연스럽기도 했다.

그다음 산책 땐 1980년대 영화 〈구니스〉의 촬영지였던 동굴이 있는 해변으로 갔다. 클램차우더°를 양껏 먹고 시골길을 산책했다. 스테퍼니는 하와이 바다에 비하면 아무것도 아닐 거라고 미안한 듯 말했지만, 사실 난 하와이 바다보다 오리건 바다가 몇 배는 더 맘에 들었다. 하와이에서도 특히 오아후섬 바닷가 같은 곳은 늘 사람으로 가득해서 혼자 조용히 산책하고 싶어도 꼭 술주정뱅이와 마주치곤 했다. 결코 혼자 있을 수 없었다. 거리는 매일 밤 관광객들 파티로 붐볐고, 관광객을 낚으려는 현지인까지 가세해 아시아인인 나는 그들 모두에게 희롱당하기 일쑤였다. 그래서 어느 날부터인가 혼자 조용히 시간을 보내고 싶을 때면 부랑자들이 모여 있는 해변의 탁자 근처에 머물렀다. 그곳은 유일하게 누구와도 엮이지 않을 수 있는 장소였다. 부랑자 아저씨들이 체스 두는 소리가 파도 소리에 뒤엉켜 묻히는 순간이 좋았다.

부랑자 가운데 전동 휠체어를 탄 뚱뚱한 아주머니가 있었다. 아주머니가 너무 살이 찐 탓에 당장이라도 휠체어 바

° 조갯살을 넣고 끓인 미국식 야채수프.

퀴가 터질 듯했다. 핸들과 타이어 옆에는 인형이며 짐이 든 비닐봉지가 주렁주렁 달려 있었다. 아주머니의 목소리는 겉보기와 달리 무척 온화했고 체스 두는 소리보다도 고요했다. 부랑자들은 대개 밤마다 같은 탁자에 모여 발랄하게 이야기를 나눴지만, 갑자기 관광객을 향해 소리를 지르는 남자도 있었다. 깡마른 이 남자는 얼굴도 푹 꺼져 보였다. 너덜너덜한 셔츠에 살구색 긴 바지를 입고 있었다. 때 묻은 발은 거무스름했고 손톱 끝은 보는 것만으로도 악취가 나는 듯했다. 남자는 때때로 누군가를 향해 손가락질하며 소리를 질렀다.

"너흰 아무것도 몰라. 웃고 싶으면 웃어. 진짜로 재밌으면 웃으라고. 하지만 너흰 아무것도 모르겠지."

나는 지금도 그 말을 기억한다.

물론 섬 안으로 들어가면 밤에는 사람도 없고 조용했다. 하지만 난 운전면허도 없었고, 여자애 혼자 나돌기에는 너무 위험했다. 그래서 안전하고 조용한 부랑자들의 탁자 옆에서 바다를 보고, 음악을 듣고, 일기를 쓰며, 혼자만의 충실한 밤을 보냈다.

오리건의 바다는 낮에도 무척 고요했다. 장대한 바다 양쪽 끝으로 겹겹이 산이 보이고, 기분 좋은 바람이 불어왔다. 한산한 마을은 가게마다 경영 위기에 빠진 듯했지만 문을 열고 들어가면 점원이 웃는 얼굴로 맞아줬다. 쓸데없이 걱정해서 미안합니다. 나는 속으로 사과했다. 주로 토산물을 팔았는데, 자석이나 색칠한 조개껍데기 같은 게 가득 있었다. 입술 모양의 새빨간 젤리도 있었다. 가게에서 중학생쯤 돼 보이는 여자애들이 비닐에 담긴 젤리를 자기 입술에 대고 마주 보며 깔깔대더니 즐거운 듯 기념사진을 찍었다. 나는 멀리서 그 모습을 보다가 소라게 코너 앞에 멈춰 섰다. 살아 있는 소라게 등껍질에 그림이 그려져 있었다. 소라게들이 자기 맘에 드는 예쁜 집을 직접 골라서 이사했을까, 같은 것이 궁금해 스테퍼니에게 물어보니, 그보다는 진짜 집으로 돌아가고 싶겠지, 하는 대답이 돌아왔다. 나는 잠시 진짜 집이란 뭘까 생각했다. 그런 탓에 조금 우울한 기분이 되어 돌아가는 길엔 거의 말을 하지 않았다.

스테퍼니는 역시 내가 오리건 바다를 맘에 들지 않아 한 거라고 착각하고, 그다음 주엔 영화 〈스탠 바이 미〉에서 주인공들이 걷던 선로로 날 데려갔다. 스테퍼니와 산책한 덕분에 이사한 지 3개월도 안 돼 오리건의 매력에 푹 빠졌다.

"왜 그렇게 하와이를 싫어해?" 스테퍼니가 그렇게 물은 적이 있다.

"하와이 하면 어떤 키워드가 떠오르는데요?" 내가 되물었다.

"글쎄, 낙원 아닐까."

"맞아요. 매일, 온종일, 24시간 파티 상태. 며칠이나 몇 주 머무는 사람들은 이런 낙원까지 와서 왜 칙칙한 얼굴로 사냐고 비웃죠. 학교도 비슷한 분위기고. 관광객하곤 또 다른 분위기지만, 기후가 따뜻하니까 교실 공기도 나른하고, 암튼 모든 게 다 느려. 그대로 있다간 바보가 될 것 같아 불안했어요. 늘 미지근한 물 속에 몸을 담그고 있는 기분이랄까. 홀라댄스도 처음엔 좋아했는데, 어느 날부턴가 꼴도 보기 싫어졌죠. 정말 끔찍이 싫더라고요. 불행한 얼굴을 한 인간은 어딘가 잘못된 거라고 하는 분위기가 아무튼 싫었어. 부자연스러웠어요. 예를 들면 파티에 가서, 물론 파티는 즐거운 곳이니까 즐겨야겠지만, 그런 상황에 맞춰야 하는 내가 어색했어요. 그렇게 되고 나면 돌이킬 수 없죠. 즐겨볼까 싶지만 이미 늦었어. 성격이 비뚤어진 탓이라고 한다면 할 말 없지만. 난 그저, 어서 웃어봐, 라는 말에 웃을 수 있는 인간이 기분 나쁠 뿐이고. 거긴 나처럼 비뚤어진 인간에겐 그냥 지옥이에요."

"비뚤어졌기보단 극단적이네." 스테퍼니는 솔직하게 말했다.

"뭐 그렇죠." 나도 동의했다.

"하지만 무슨 얘기인지는 알 것 같아." 스테퍼니는 덧붙였다.

"나도 파티를 싫어하거든. 즐기고 있냐고 일일이 물어보는 것도 싫고. 즐거워 보인다면 애초에 그런 거 안 묻겠지. 즐거울 리 있냐고 받아치면 화난 것처럼 보이고. 이래저래 신경 쓰여. 하긴 나야 이제 그런 데 갈 일도 없지만."

스테퍼니는 그렇게 말하며 의미심장하게 웃었다.

분명 학교에서 매년 몇 차례 열리는 댄스파티를 말하는 것이리라. 물론 나 같은 인간도 갈 일은 없다. 방에서 좋아하는 음악을 틀어놓고, 꽉 끼고 화려한 드레스보다는 해방감 있는 속옷 차림으로 바보처럼 침대 위를 뛰어다니며 혼자 춤을 추는 게 훨씬 즐겁다. 하지만 스테퍼니는 그래도 같이 가자는 애가 있으면 가라고 했다. 나더러 같이 가자고 할 남자애는 없다. 그보다 날 아는 사람조차 없다. 나는 월플라워°마저 아니었다. 정말로 투명 인간이었다. 또 그렇게 지내려고 애썼다.

스테퍼니와 얘기하다 보면 이상하게 마음이 차분해진다. 스테퍼니도 투명 인간인 걸까. 나와 달리 스테퍼니를 아는 사람은 많지만, 진짜 정체를 아는 사람은 없을 것 같았다. 스테퍼니도 진정한 자신을 숨기고 있는 듯했다. 하지만 난

° 파티에서 아무도 다가오지 않아 벽에 붙은 꽃처럼 구석에 서 있는 사람.

찾아냈다. 아무도 못 찾게 깊은 숲속에 사는 스테퍼니를 찾아냈다. 나는 지구 반대편까지 닿을 만큼 몇 번이고 크게 소리치고 싶은 충동에 휩싸였다. 드래건은 정말 있었어, 드래건은 진짜로 이 세상에 존재해! 그러나 꾹 참았다. 그녀는 아주 연약하고 섬세한 마음을 가진 드래건이다. 이런 비밀을 사람들에게 쉽게 알려줄 순 없다. 나는 우월감 비슷한 감정에 도취했다.

그해 여름 마지막 산책 때, 스테퍼니가 멀트노마 폭포를 보러 가자고 하며 숲속으로 차를 몰았다. 좁은 길이 한없이 이어진 산길에서 워싱턴주와 오리건주의 경계를 흐르는 컬럼비아강의 멋진 경치가 내려다보였다. 히스토릭 컬럼비아 리버 하이웨이라고 불리는 그 길은, 미국 연방 교통부가 올 아메리칸 로드로 지정한 유명 도로라는 것 같았다. 정신을 잃을 만큼 장대한 광경에 감격한 나는 사진을 찍기는커녕 모든 장면 하나하나에 압도돼 몇 번이나 숨이 멎을 뻔했다. 완벽에 가깝게 아름다운 저 강 건너가 워싱턴주라는 생각만으로도 어쩐지 가슴이 뛰고 흥분이 됐다. 그렇게 차로 산속을 달리다 야생 사슴을 맞닥뜨렸을 땐, 부푼 가슴이 풍선처럼 터져버려 차창 밖으로 얼굴과 손을 내밀고 소란을 피웠다. 위험하니까 얌전히 앉아 있어. 운전에 집중해야 하는 스테퍼니는 유치원생을 혼내듯이 내게 말했다.

스테퍼니는 차가 여러 대 주차된 광장으로 들어가 왼편에 차를 세우고, 두 팔을 쭉 뻗어 시원하게 기지개를 켜며 몸을 풀었다. 그러더니 뒤를 돌아보며 말했다. 여기가 비스타 하우스야.

우리는 컬럼비아강과 그 너머에 있는 워싱턴주를 바라봤다. 주차장 중앙에 작은 성 같기도 하고 전망대 최상층 같기도 한, 작고 오래된 팔각형 석조 건물이 있었다. 그날 입구에는 출입 금지 밧줄이 걸려 있었다. 에메랄드처럼 아름다운 지붕과 커다란 유리창이 인상적이었다. 스테퍼니에게 무슨 건물이냐고 묻자, 이게 비스타 하우스야, 내 얘긴 하나도 안 들었구나, 하고 웃었다. 이게 하우스일 리 없는데, 하고 나도 받아쳤다.

비스타 하우스를 한 바퀴 돌고 나자 거대한 컬럼비아강의 박력 앞에 다시금 숨이 멎었다. 강은 산과 산 사이, 희미한 안개와 같은 구름 아래, 웅대하고 완만한 모습을 드러냈다. 나는 강 깊숙한 곳, 강이 시작하는 부분을 상상했다. 그러자 무언가 신성한 존재가 느껴졌다. 그 순간 신의 얼굴을 한 물이 거대한 입을 벌리고 산도, 구름도, 사슴도, 하늘을 나는 새들도, 우리도, 모조리 집어삼켜 바다로 쓸어가는 광경이 떠올랐다. 두려움에 몸이 떨렸다. 사람의 마음 같은 건 간단히 부숴버릴 파괴력, 파괴 후 모든 걸 아름답게 재편해 줄 신성한 힘을 가진 광대한 풍경이었다.

우리는 컬럼비아강이 내려다보이는 높이 230미터가량의 벼랑에 서 있었다. 강을 보는데 워싱턴주 쪽 강변에서 야생 사슴 세 마리가 물 먹는 모습이 보였다. 스테퍼니에게 그 사실을 알렸지만, 눈이 나빠서 안 보인다고 했다.

"너는 진짜 눈이 좋구나." 스테퍼니가 부러운 듯 중얼거렸다.

또 나는 워싱턴주 숲속에 선로를 달리는 화물열차가 보인다는 것도 알려줬다.

"어떻게 생긴 열차야?" 스테퍼니는 게임이라도 하는 것처럼 신이 나서 물었다.

"장난감 가게에서 파는 거랑 똑같은데 그것보단 훨씬 작아요. 어린이용이라기보다 난쟁이용 장난감일까. 내 새끼손가락 길이밖에 안 돼요."

"그럼, 난쟁이용치고는 조금 큰 거네."

"그럴지도."

나와 스테퍼니에게 난쟁이의 키는 13센티미터 정도였다.

"강아지가 먹는 뼈다귀 모양의 개껌보다 작은 열차니까 안에 아무것도 없을 거예요. 속이 텅 비었을걸."

"흠, 글쎄. 어쩌면 100명쯤 되는 작디작은 난쟁이가 통조림처럼 빽빽이 타고 있을지도 모르지."

"통조림 열차? 그 정도면 도쿄나 인도 전철, 아니면 아우슈비츠행 열차인데."

"저런, 큰일이네."

"있잖아요, 스테퍼니. 그냥 여기 있으면 안 될까. 폭포는 잊고."

"안 돼, 멀트노마 폭포는 갈 거야."

"왜, 여기가 완벽한데."

"어머, 아직 폭포를 안 봤는데 여기가 완벽하다곤 말할 수 없지. 집에 갈 때 또 들르자. 어차피 이 길을 지나야 하니까."

그렇게 말하며 스테퍼니는 어리광 부리는 나를 차에 태우고 비스타 하우스를 떠났다. 멀트노마 폭포에 닿을 때까지 작은 폭포가 여러 개 있었다. 전부 다 아름다웠다. 나는 작은 나뭇가지로 잎을 찌르고, 돌맹이를 골라 연못 속에 던지며 아이처럼 장난을 쳤다. 스테퍼니는 진짜 엄마보다 더 엄마 같은 눈빛으로 흐뭇하게 날 봤다. 그 바람에 흥이 나서 작은 폭포 아래의 물웅덩이를 향해 돌맹이를 가득 던졌다. 보다 못한 스테퍼니가 엄하게 날 꾸짖었다.

"물을 화나게 해서는 안 돼."

목적지인 멀트노마 폭포는 분명 멋있었지만, 폭포에 얽힌 전설을 듣는 순간 그 마음이 싹 가셨다. 옛날 옛적에(인간이 시시한 허영이나 근거도 없는 소문에 휘둘리기 시작한 무렵) 폭포 주변에 살던 부족 사이에 무서운 전염병이 돌았다. 이때 부족장의 딸이 벼랑에서 뛰어내려 신께 목숨을 바치면 병이 만연하는 걸 막을 수 있다는 소문이 나돌았다. 그걸 믿은 부족장은 딸에게 벼랑에서 뛰어내리라고 했고 딸도 순순히 몸을 던졌다. 그러나 막상 딸이 죽자, 부족장은 가슴이 찢어지는 슬픔에 잠겨 울기만 했다. 그러면서 딸의 죽음이 의미 있는 죽음이었다는 증거를 보여달라고 신께 간청했다. 그때 벼랑에서 돌연 물길이 쏟아지며 지금처럼 길고 아름다운 폭포가 생겼다고 한다. 전설은 좋아하지만, 이런 종류의 이야기는 정말 싫다. 몸을 던졌다는 딸을 위해 두 손을 모으고 묵념했다.

그 후 나는 비스타 하우스로 돌아가자는 말만 해댔다. 스테퍼니는 그런 내게 질렸는지 못 말린다는 듯이 고개를 가로젓다가 결국 차를 돌려주었다.

해가 저물고 주차장엔 우리 차밖에 남아 있지 않았지만 우리는 비스타 하우스를 떠날 줄 몰랐다. 둘이 같이 차 지붕 위에 앉아 다시금 심취한 듯 숨을 내쉬곤, 그 감동을 놓치지 않으려고 또 숨을 들이마셨다. 컬럼비아강을 구석구석 몇 번이나 둘러봐도 같은 경치를 두 번 본다는 기분이 들지 않았다.

"하늘빛은 마음결." 내가 일본어로 중얼거렸다.

"무슨 뜻이야?"

"같은 경치를 두 번 보는 일은 없다는 건 좋은 말인 것 같아요. 같은 마음이 아니라는 뜻이니까."

"어머, 멋진 말이네." 스테퍼니가 감탄한 듯 말했다.

하늘이 붉게 물들고, 오렌지 빛깔이 섞여들었다. 그런 다음 점차 자줏빛이 감돌더니, 분홍색이 더해지나 싶다가 순식간에 짙은 청색으로 변했다. 변덕스러운 예술가 같았다. 하늘은 완전히 어두워지고, 어렴풋이 별이 떴다. 나는 일본에 있는 옛 친구 생각이 났다.

"있잖아, 지니. 뭐 하나 물어봐도 될까?"

스테퍼니는 나와 같은 자세로 밤하늘을 올려다보며 말했다. 나는 작게 끄덕였다. 뺨에 스테퍼니의 시선이 느껴졌다.

"물어보세요." 내가 답했다.

"여기로 오기 전에 말이야, 무슨 일이 있었니?"

"무슨 일? 예를 들면?"

"모르겠어. 그냥 공항에서 널 처음 만났을 때부터 쭉 마음이 쓰였어. 네 눈이 너무 슬퍼 보였거든."

"눈이 슬퍼―?"

"말하기 싫으면 안 해도 돼. 그냥 그런 느낌이 들었어."

"역시 스테퍼니는 대단하구나." 나는 느낀 대로 순순히 말했다.

"뭔가 있었구나."

"그럴지도."

내가 적당히 얼버무리자 스테퍼니는 질문하길 멈추고 다시 별을 올려다봤다. 하지만 뭔가 생각난 듯 입을 열었다.

"괴로웠겠네."

"응, 조금."

"원래 잘 안 우는 성격이야?"

"그렇진 않아요. 벌써 울 만큼 울었거든."

"그랬구나."

"하지만, 음, 우는 건 별로 안 좋아해."

"무슨 일이 있었는지 물어봐도 돼?"

"그건— 엄청나게 작고 또 엄청나게 큰일인데."

"흠, 또 그렇게 날 애태울 작정이네."

"애태우는 거 아녜요. 사실이 그래."

"알았어. 괜찮으니까 신경 쓰지 마."

스테퍼니의 말을 끝으로 우리는 한동안 입을 다물었다.

산과 산 사이에서 불어온 바람이 컬럼비아강을 지나 우리가 있는 곳까지 와서 장난치듯 내 머리칼에 닿았다가, 매끈히 그 틈을 빠져나가 순식간에 멀리 흘러갔다. 바람이 어딘가로 사라지자 마음에 구멍이 난 듯 외로워졌다.

"미안. 내가 선을 살짝 넘었나 봐." 스테퍼니가 말했다.

멋쩍은 말투는 사라져 버린 바람 탓인지도 모른다.

나는 천천히 별하늘에서 시선을 떨구고 지금은 검어진 비스타 하우스의 아름다웠던 에메랄드 지붕을 바라보고는, 스테퍼니의 눈을 봤다. 스테퍼니의 눈동자는 오리건 하늘과 달리 깨끗한 잿빛이었지만, 지금은 어둠 속에서 내 눈동자와 같은 색을 띠고 있었다.

"일본엔 나처럼 일본에서 태어난 한국인이 다니는 학교가 두 종류 있어요."

나는 손끝으로 운동화 끈을 매만지며 말했다.

"물론 일본학교에 다닐 수도 있지만 코리안 계열 학교도 있거든요. 남쪽의 한국학교와 북쪽의 조선학교. 난 북쪽의 조선학교에 다녔어요. 한국학교는 한 군데밖에 없고, 거긴 한국에서 태어난 애들뿐이라 일본에서 태어난 한국인이 거의 없거든요. 조선학교는 일본에서 태어나서 조선 국적이나 한국 국적을 가진 애들이 다니는 학교고. 엄청 복잡하겠지만, 여기까지 이해돼요?"

"응, 그럭저럭."

스테퍼니의 미간이 살짝 일그러졌다. 나는 개의치 않고 말을 이었다.

"이런저런 일이 있었어요. 정말로 많은 일이. 음, 조선학교 교실에 걸려 있던 김일성과 김정일 초상화를 끄집어내 두드려 부순 다음 베란다 밖으로 던져버렸어."

스테퍼니는 깜짝 놀라 숨을 죽였다.

"아무한테도 말한 적 없어요. 말하면 안 된다고 했으니까. 뭐, 그런 소리를 안 들었다고 해서 떠벌리고 다닐 생각은 없지만."

"어째서?"

"난 진짜 나쁜 짓을 저질렀거든요."

"지니, 난 아무것도 모르겠어. 무슨 일이 있었는지는 모르겠지만, 만약 그게 사실이라면 언젠가는 말을 꺼내야만 해. 설령 내가 아니더라도 누군가에게 꼭 말이야."

스테퍼니는 단호하게 말했다.

과연 그럴까. 나는 생각에 잠겨 하늘을 올려다봤다. 그때 갑자기 생각났다―스테퍼니의 예언. 물어본다면 때는 지금이다.

"당장이라도 하늘이 무너질 것 같네." 나는 조심조심 말을 꺼냈다.

스테퍼니도 하늘을 올려다봤다. 별을 보는 것 같지도, 어둠을 직시하는 것 같지도 않았다. 더욱더 깊은 곳, 밤하늘 끝에 있는 무언가를 응시하는 듯했다.

"하늘이 무너져? 재밌는 소릴 하네."

스테퍼니는 시치미 떼듯 말했다.

"만약에…… 정말로 하늘이 무너져 내린다면, 어디로 도망칠까."

이번에야말로 핵심을 공략해야겠다 싶어서 물었다.

"상대는 하늘이야. 도망칠 덴 없어. 그때는 하늘을 받아들이자. 도망쳐선 안 돼."

스테퍼니는 당연하다는 듯 말했다. 나는 맥이 빠졌다. 하늘을 받아들인다고 뭐가 달라질까. 받아들이면 찌부러져 죽기밖에 더 할까.

하지만 어쩌면 스테퍼니의 말이 맞는지도 모른다. 하늘이 무너진 그때, 나는 하늘을 받아들여야 했는지도 모른다.

고백, 친애하는 종이에게

✤

언젠가 누군가 말했다. 잘 웃는 사람은 상처가 많다고. 진심으로 상냥한 사람은 정말로 상처가 깊다고. 하지만 나는 생각한다. 상처 입은 인간이 자기가 받은 것 이상으로 큰 상처를 수많은 사람에게 주고 살아왔다면, 과연 그 사람을 상냥하다고 할 수 있을까?

자신의 상처를 핑계로 정작 제일 소중한 사람들을 마음 아프게 하고, 속이고, 기만하고, 내쫓고, 빛이 들지 않는 어둠 속으로—스스로 납작 엎드려 기어 나올 수밖에 없는 깊은 수렁으로 밀어뜨리는 인간.

그게 나다.

이것은, 그런 나의 이야기다.

인생의 톱니바퀴가 미쳐 돌아가기 시작한 건 5년 전의 일이다. 내게는 전생과도 같이 먼 과거다. 기억은 단편적이고 전부 다 생각나진 않지만, 어쩐지 오늘은 이것저것 떠오를 것만 같다. 퇴학을 당한 탓인지도 모른다. 플래시백이 엄청나다. 두통도 있고 구토 증상까지 있다. 이유야 아무래도 상관없다. 다만 머릿속에 어설프게 떠오르는 영상이 멈춰주면 좋겠다. 그저 그뿐이다. 달리 바라는 건 없다. 누가 이걸 읽을 일은 없겠지만, 만약 그런 일이 생긴다면 내 얘기에서 뭘 배우겠다는 생각은 하지 말기를. 그건 큰 착각이다. 미리 말해두겠는데, 여기서 배울 수 있는 건 아무것도 없다.

첫 등교일

1998년 4월―도쿄에서 제일 큰 조선학교 체육관에 처음으로 발을 들였다. 봄 내음이 물씬 나는 밝고 상쾌한 날, 이었던 것으로 기억한다. 작은 새의 지저귐이 들렸다, 고까지는 말 못 해도 비가 오지 않은 것만큼은 분명하다.

이 체육관은 일본 내 어느 학교보다 크지 않을까 싶다. 기타구 주조에 위치한 조선학교 체육관 2층 좌석에는 극장처럼 붉은 의자가 가득 놓여 있었다. 무대 전체가 바라보이는 붉은 의자에 앉은 부모님을 1층에서 뒤돌아봤는데, 샹들리에만 없었지 하마터면 그곳이 학교란 사실을 잊을 뻔했다.

지금 입학식이 한창이라는 걸 떠올리게 해준 건 새카만

치마저고리°였다. 익숙하지 않은 옷을 입어서 몸이 근질거렸다. 하지만 발목이 보일까 말까 한 길이의 치마라, 다리를 벌리고 앉아도 참담한 광경을 피할 수 있다는 점은 나쁘지 않았다.

김일성과 김정일이 자랑스럽다는 듯 웃고 있었다. 큰 무대에 새빨간 커튼이 젖혀진 곳에 그들의 거대한 초상화가 있었다. 일본학교에서 전학 온 내게는 낯선 광경이었다.

하지만 앞으로 같은 교실에서 긴 시간 함께 지낼 학생들은 아무렇지 않다는 표정으로 태연히 앉아 있었다. 나만 혼자 아무리 지워도 지워지지 않는 위화감을 품은 듯했다.

입학식에서는 양복 입은 아저씨와 화려한 빛깔의 치마저고리를 입은 아주머니가 잇달아 무대에 서서, 오늘이 이루 말할 수 없이 멋진 날이라도 되는 양 가끔씩 두 팔을 번쩍 들어 올리며 뜨거운 연설을 했다. 다들 귀담아듣는 듯했지만 난 전혀 알아듣지 못했다. 전부 조선말이었으니까. 조금만 더 있으면 참을 수 없는 지루함과 졸음이 밀려올 거란 예감이 들었다. 그 예감은 적중하여, 나는 입학식이 끝날 때까지 깊은 잠에 빠졌다.

고요한 체육관을 울리는 의자 소리에 잠이 깼다. 돌아보

○ 일본의 조선학교 여학생 교복을 일컫는다. 교복은 검정 치마에 동복은 검정 저고리, 하복은 흰 저고리였다.

니 모든 사람이 기립해 있었다. 나도 황급히 일어났다. 정면에는 변함없이 김일성과 김정일 초상화가 있다. 그걸 올려다보며 전교생과 교사로 보이는 사람들이 노래를 부르기 시작했다. 그게 조선학교 교가였다는 건 나중에 알았다. 나는 입을 다문 채 그저 멍청히 서 있었다.

의미 불명의 노래는 4분쯤 계속됐다. 노래가 끝나자, 박수갈채가 터져 나왔다.

그리하여 나는 어엿한 중학교 1학년생이 된 듯했다.

1학년 1반, 이례적인 학급

"자, 인사해라. 부끄러워하지 말고."

분홍과 노랑의 조합이 화려한 치마저고리 차림의 담임 량 선생님이 일본말과 조선말을 섞어가며 내게 말했다. 이제 어마어마한 창피를 겪겠구나, 하고 생각하며 무거운 몸을 끌고 교탁 앞에 섰다.

교실에 있는 전원의 시선이 내 얼굴로 향했다. 따뜻한 시선은 아니었다. 마치 진기한 골동품이라도 보는 듯한, 내가 정말 가치 있는 애인지, 아니면 그냥 잡동사니에 불과한 애인지 가늠해 보겠다는 분위기였다.

나는 당장에 그 자리를 박차고 나가고 싶었다.

"일본학교에서 온 박지니입니다. 잘 부탁합니다."

미리 익혀온 서툰 조선말로 인사를 하자, 두어 군데서 마음에도 없는 메마른 박수가 일었다. 차가운 박수를 받은 나는 이 사태를 어떻게 수습할 거냐고 묻는 기세로 량 선생님을 빤히 쳐다봤다. 량 선생님은 내가 받은 수치 따윈 아랑곳하지 않는 밝고 담담한 분위기였다. 나를 향해, 잘했어요, 하고는 칭찬하듯 뒤늦게 잔잔한 박수를 보냈다.

"지니는 이제 막 조선학교에 왔기 때문에 우리말을 못해요. 지니가 조선말을 배울 때까지 이 반은 당분간 일본말로 수업을 진행하겠습니다. 여러분도 지니가 조선말을 빨리 배울 수 있도록 도와주세요. 알겠죠?"

량 선생님의 말에 학생들은 모두 한목소리로 "예—" 하고 대답했다. 몇 명인가가 차가운 눈초리로 날 봤다. 나는 서둘러 시선을 피하며 얼굴을 숙였다.

최악이다. 조금만 더 있다가는 표정뿐만 아니라 입에서도 그 말이 나올 지경이었다.

조선학교는 일본말 사용 금지였다. 그런데 나 하나 때문에 당분간 일본말로 수업하게 됐다. 학교생활의 서막으로는 그야말로 최악이었다.

장면3·실내·낮·차별의 사이클

오후, 소란스러운 교실.
재환이 가방에서 교과서를 꺼내 서랍 안에 넣는다.

윤미 일본학교에서 온 애가 있어.

재환의 책상 위에 앉는 윤미.

재환 그래서 뭐.
윤미 일본학교는 냉정한 곳이지?
재환 어느 학교든 똑같지.

재환은 그렇게 말하며 윤미의 등을 밀어 책상에서 내려오게 한다.

윤미　하지만 일본학교 애들은 조숙하잖아?

재환　우리가 순진하단 소리냐? 굳이 신경 쓸 거 없어.

윤미　그래도 걘 혼자 다른 꿍꿍이가 있는 것처럼 보여. 우릴 원숭이 보듯 쳐다본다고. 모처럼 들어왔으니 살짝 괴롭혀 봐?

재환　관둬.

윤미　왜. 살짝만 건드리면 되잖아. 일본학교에서 왔다고 거드름 피우기 전에 교육 좀 시켜야지.

재환　할 일이 그렇게 없냐? 맘대로 해. 난 모른다.

니나

"지니야, 괜찮으면 이거 쓸래?"

손 글씨로 쓴 조선말 '아이우에오' 표를 여러 장 건네준 건 조금 어른스러운 분위기의 니나라는 아이였다. 산뜻한 용모에 머리칼에는 윤기가 흘렀다. 머리를 위로 동그랗게 말아 올렸는데, 귓가에 살짝 늘어뜨린 귀밑머리만 봐도 부드럽고 가는 머릿결인 게 분명했다.

니나는 내 책상 위에 글자 표를 펼쳤다. 하지만 솔직히 '아이우에오' 정도는 알고 있었다. 초등학교 때 토요일마다 집에서 한국인 선생님에게 기초를 배웠기 때문이다. 그래도 그런 말은 하지 않고 니나의 친절한 마음을 받아들였다. 반 애들에게 귀찮은 존재가 됐다는 생각에 불안해서 견딜 수 없었던 만큼, 니나의 배려가 기쁘고 고마웠다.

니나는 조선말 표를 펼치자마자 성취감에 가득 차 만족스러운 표정을 지었다. 멋대로 내 앞자리에 앉더니 표를 보는 나를 관찰하듯 바라봤다.

"모르는 거 있으면 언제든지 물어봐."

니나는 상냥하게 미소 지었다.

"응. 고마워."

"근데 있지, 뭐 하나 물어봐도 돼?"

"뭐?"

"일본학교는 어떤 분위기였어?"

"어떤 분위기였냐니, 뭐가?"

"안 무서웠어? 왕따를 당했다거나 그 뭐니, 차별 같은 거―."

막판에는 목소리가 제대로 나오지 않았다.

"별로." 난 거짓말했다.

"그랬구나. 즐거웠어?"

니나는 또 미소 지었다.

"즐거웠어."

"그래. 앞으로 조선학교도 즐거우면 좋겠네."

"응."

정말로 즐거우면 좋겠네, 그랬으면 좋겠어.

일본에서 재일한국인으로 태어나 일본학교에 입학한 날부터, 우리는 필연적으로 하나의 선택을 해야 했다. 아주 간단하지만, 끝까지 해내기 무척 어려운 선택이다.

―누구보다 먼저 어른이 될지, 아니면 다른 애들처럼 미쳐 날뛸지.

일본 초등학교에 있을 때, 나는 '먼저 어른이 되는 길'을 골랐다. 그럴 수밖에 없었다. 날뛰고 다니면 언제든 날뛴 쪽이 욕먹기 마련이다. 설령 차별을 받았다고 해도, 날뛰고 나면 그걸로 끝이었다.

북조선에서 온 편지 1

사랑하는 딸에게

안녕. 잘 지내니. 나는 여전히 건강하다. 북조선에 온 지 벌써 3년이 흘렀구나. 세월은 정말 유수와 같이 흘러서, 종종 멈춰 서는 것도 잊고 사는 듯하다. 북조선은 아주 살기 좋은 나라란다. 일본을 떠나는 게 쉽진 않았지. 그래도 여기 와서 정말 다행이라고 생각한다. 이 나라는 점점 발전하고 있어. 현재 여기저기 공사를 하고 있지. 일도 쉬는 날이 없어. 집에 오면 너무 피곤해서 밥도 먹기 전에 죽은 사람처럼 쓰러져 잠이 들지만, 그래도 분명 보람 있는 일을 하고 있다. 일본에서도 온몸을 던져 일을 했어. 그러니 이쯤은 아무것도 아니다. 게다가 여기 노동자들은 평등하게 일을 한단다. 일본에서 살 때와 비교하면 아무것도 아니지. 하지만 네 얼굴을 보고 안아줄 수 없다는 건 정말 괴롭구나. 부디 몸 건강히 지내렴. 언젠가 다시 만날 수 있기를 빈다. 정말로 다시 만날 수 있다면 얼마나 좋겠니. 잘 먹고 잘 자고 몸 건강해라. 또 편지하마. 그때까지 잠시 헤어지는 거다. 매일 애린이 네 생각을 하고 있단다.

아빠가

누구

재환이라는 남자애가 있었다.

우리가 이 반의 리더다 싶은 거만한 태도로 교실에 들어올 때부터 일부러 큰 소리를 내야 직성이 풀리는, 누가 봐도 단세포 무리 가운데 한 명이었다. 심지어 그 애는 권투부라 인상도 험악했다. 모든 걸 힘으로 제압하려는 전형적인 바보 중학생이었다.

태양이 힘차게 빛나던 어느 점심시간. 늘 그렇듯 교실은 달그락달그락 시끄러웠고, 다들 조선말을 써서 나는 대화에 끼지도 못하고 있었다. 모두 신나게 노는데 나만 혼자 고립되어 있는 게 슬퍼지는 순간도 솔직히 있었다. 그런 날이면 교실을 나와 음악실로 갔다. 그곳에는 언제든 칠 수 있는 그랜드피아노가 있어서 좋았다. 적어도 '사용 금지'라는 말은 없었다. 그건 '치고 싶으면 맘껏 치세요'라는 소리나 마찬가지라고 생각했다.

음악실로 들어가 문을 닫으면 마음이 편했다. 음악실에는 아무도 없었다. 그게 무척 기뻤다. 피아노 외엔 아무것도 놓여 있지 않았다. 살풍경한 음악실 분위기에 친근감을 느낀 나는 1분도 지나지 않아 그 자리에 익숙해졌다.

피아노 의자에 앉아 시험 삼아 검지로 건반을 눌러봤다. 너무 높지도 너무 낮지도 않은, 뭐랄까, 조금 수수하지만 어쩐지 마음을 들뜨게 하는 경쾌한 소리가 났다. 어딘가 힘 빠진 소리 같기도 하고. 나는 잇달아 다음 건반을 눌렀다. 왼손도 가세해 동시에 두 손으로 치자 활기를 되찾은 듯 힘이 났다. 그렇게 5분쯤 흘렀을까. 문득 정신을 차렸을 땐 정신없이 피아노 건반을 두드리고 있었다.

칠 수 있는 곡 따윈 없었다. 적당히 소리를 내며 놀 뿐이었다. 그래도 계속 치다 보니 '이건 명곡이 될 것 같은데' 싶은 멜로디를 만나는 순간이 있었다. 작곡가를 꿈꿔볼까, 그런 생각이 들 정도로 심취해서 나중엔 건반이 부서질 정도로 미친 듯이 피아노를 쳐댔다.

그때, 문이 열렸다.

누가 꿈꾸는 날 흔들어 깨우기라도 한 것처럼 깜짝 놀라

문을 보니, 재환이 서 있었다. 나는 용수철 튀듯 벌떡 일어났다. 얼굴이 빨개지는 것이 느껴졌다. 제대로 쳤다면 누가 보든 상관없지만 미친 사람처럼 건반만 두드렸는데. 부끄러워, 뭐라고 해야 하지, 미치겠네, 하고 소리 내 말해버리고 싶었다.

교실로 돌아가면 반 애들에게 "쟤 아주 정신이 나갔어" 하고 폭로하겠지. 그래도 상관없으니까 어서 가버려. 나는 속으로 외쳤다.

하지만 재환은 자리를 뜨기는커녕 내 얼굴을 살피며 천천히, 그러나 확실하게 한 걸음 한 걸음 내게 걸어왔다. 이윽고 눈앞에 떡하니 버티고 섰다.

기묘한 정적이었다. 서로 말 한마디 하지 않았다. 연필이라도 떨어지면 엄청난 소음처럼 들릴 것이다. 눈을 피하면 안 될 것 같은 공기가 우리 사이에 흘렀다. 머릿속이 하얘지고, 동시에 몹시 시끄러웠다. 무수한 기생충이 비명을 지르는 듯했다.

정적을 깬 건 재환이었다.

"누구?"

재환이 말했다.

"누구?"

나는 되물었다.

재환은 끄덕였다. 그러더니 한 번 더, 누구? 라고 했다.

─벗으라니. 그게 무슨 소리야. 이 녀석, 자기가 벗고 싶은 건가.

재환은 권투부다. 근육 자랑이라도 하고 싶은가.

아니면 나더러 벗으라는 건가.

이 녀석, 바보인가.

나는 한 걸음 뒤로 물러섰다. 또 한 걸음 물러섰다. 멍하니 선 재환은 움직일 기색이 보이지 않았다. 지금이다. 나는 재환을 밀치고 한달음에 문을 향해 달렸다.

"어이!" 재환이 소리쳤다. 나는 멈추지 않았다.

음악실을 나와 오른쪽에 있는 계단을 전속력으로 달려 올라갔다. 모르는 여자애 셋이 조선말로 장난을 치며 계단을 내려오고 있었다. 그 사이를 맹렬한 속도로 뚫고 지나가자 작은 비명이 일었다. 곧 "야!" 하고 화난 듯한 목소리가 들렸지만 사과할 틈이 없었다. 교실 층까지 올라와서야 뒤를 돌아봤다. 재환은 따라오지 않는 것 같았다.

그래도 아직 안심할 수 없다. 심장이 요동쳤다. 곧장 니나를 찾았다. 니나는 베란다에서 다른 여자애들과 수다를 떨고 있었다. 애들 말을 자르며 니나! 하고 외쳤다.

○ 일본말로 '누구(脱ぐ)'는 '옷을 벗다'라는 뜻이다.

유령을 본 듯한 얼굴이었을 내게 니나는 놀라서 일본말로 물었다.

"왜 그래, 무슨 일이야?"

베란다에 나와 있던 애들이 귀를 쫑긋 세웠다.

"재환이 벗으라고 했어."

"뭐?"

"음악실에 있었는데, 재환이 벗으라고 하면서 다가왔다니까."

"그래서?"

"그래서?" 나는 되물었다.

"그래서 그게 뭐?"

"그야 당연히 도망쳤지." 내가 단호히 말했다.

"왜 그랬어. 지니라고 알려주면 되잖아."

"응?"

"누구냐고 물었을 뿐인데 왜 도망쳤어?"

니나가 말했다.

나는 우두커니 서서, 무슨 일이 일어난 건지 머릿속으로 정리해 봤다. 사태를 파악하는 데 1분쯤 걸렸다. 그러니까 누구, 라는 건 벗으라는 말이 아니고, 누구냐고 묻는 거다.

변태라는 딱지를 내 손으로 내 이마에 갖다 붙인 꼴이었다.

니나와 얘기하고 있는데, 자기가 도마 위에 올랐다는 걸 안 재환이 베란다로 다가왔다. 짜증 난다는 얼굴로, 너 뭐야, 하고 조선말을 했다. 나도 알 만한 간단한 조선말이었다. 어째서 기본 중 기본인 '누구'라는 단어를 못 알아들었을까. 나 자신과 토요일마다 집에 오던 한국인 선생님을 원망했다.

"응? 무슨 소린지 전혀 모르겠네?"

나는 창피해서 딴청을 피우며 베란다를 나왔다.

"지금 저 태도, 봤어?"

뒤에서 여자애 목소리가 들렸다. 윤미였다.

무시

H

조선학교에 온 지 두 달이 흘렀다. 수업은 여전히 일본말로 진행됐고, 내 시험지에만 일본어 번역이 달려 있었다. 학교 분위기에는 조금씩 적응해서 니나와도 꽤 허물없이 지내게 됐다. 그러던 어느 날, 방과후 생활지도 시간에 윤미가 손을 들고 일어섰다.

"지니는 평소 조선말을 전혀 안 씁니다. 니나가 가르쳐줘도 한 마디도 안 합니다."

거짓말. 나도 화날 땐 조선말로 야! 하고 소리친다고.

"옆에서 도와줘도 지니가 노력을 안 하니까, 앞으로 수업은 조선말로 해도 된다고 생각합니다."

이 말에는 동감이었다. 나야말로 이제 슬슬 조선말을 써

달라고 제안하고 싶었다. 하지만 량 선생님은 아직 두 달밖에 안 됐으니 친구로서 잘 감싸주는 게 어떻겠냐고 했다. 윤미는 뾰로통한 얼굴로 자리에 앉더니만 날 돌아보며 눈을 흘겼다.

조선학교에는 하여간 단체 활동이 많았다. 체육관에 모여서 학년별로 무대에 올라가 노래를 하고, 목에 빨간 넥타이인지 리본인지 그런 걸 묶고 전교생이 운동장에서 원을 그리듯 행진했다. 빨간색도 좋아하고 넥타이도 좋아하지만 행진은 싫었다. 무엇을 위한 행진인지는 굳이 묻지 않기로 했다. 알아선 안 될 것 같은 기분이 들었다. 알고 나면 틀림없이 이 대열에서 도망치게 될 거라는 예감이 들었다.

윤미 말대로 나는 조금도 노력하지 않았다. 교가를 외울 생각도 하지 않았고, 다들 노래할 때는 혼자 입을 다물거나 금붕어처럼 입을 뻐끔뻐끔 움직이기만 했다. 니나가 교가를 인쇄해서 가타카나로 독음을 달아주기 전까진.

재환은 그날 이후 매일 내게 말을 걸었다. 나는 무시했지만 적은 끈질겼다. 뭐라고 말을 걸어야 내가 대답할지 시험하며 장난치는 듯했다. 내가 반응을 전혀 안 해서 지루해지면 꼭 멍청한 얼굴로 누구? 라며 와이셔츠 옷깃을 매만졌다. 터무니없이 한가한 애였는지도 모른다.

하루는 쉬는 시간에 내가 니나에게 휴대용 CD플레이어

로 우타다 히카루의 〈오토매틱〉을 들려주었다. 라디오에서만 흘러나오던 신곡이었고, 우타다 히카루가 널리 알려지기 전이었다. 조금은 은혜에 보답하는 심정으로 니나에게 제일 먼저 들려주고 싶었다. 그러자 재환이 또 "안녕하십니까—"라고 하며 사람을 가지고 놀듯 끼어들었다.

나는 재환을 홱 째려보며 "꺼져" 하고 욕했다.

그 순간 윤미가 콧구멍을 벌렁거리며 기쁜 듯이 "드디어 본성이 나왔구나!" 하고 외치더니, 내 책상을 두 손으로 힘껏 내리쳤다.

나는 윤미 목소리 같은 건 귀에 들어오지도 않는다는 표정으로 니나에게 물었다. "어때?"

"너 지금 나 무시해?"

"흠. 잘 모르겠네. 뭐, 좋은 것 같긴 하지만." 니나가 이어폰을 빼며 말했다.

윤미는 니나! 하고 소리치더니 조선말로 성질을 내며 무슨 말인가를 했다.

"이 노래가 얼마나 좋은데! 난 요즘 이 노래만 반복해서 들어."

"야, 안 들려? 지니, 박지니!" 윤미는 집요하게 달려들며 화를 냈다.

아무튼 끈질긴 녀석이었다. 하는 수 없이 시끄러워 죽겠다는 표정으로 왜, 하고 대답했다.

"이 새끼. 난 너 같은 거한테 절대 안 속아. 네 본성을 전 교생에게 알리겠어."

나는 그러시든가, 라고 하듯 손을 휘저었다.

며칠 후, 이번엔 니나에게 스파이스 걸스의 첫 번째 앨범을 들려주고 있는데 윤미가 옆 반 남자애들을 끌고 왔다.

윤미가 조선말로 뭐라고 하자 남자애들이 나를 주목했다. 대충 봐도 열 명은 됐다. 그 기세에 눌려 니나와 하던 얘기를 중단하고 남자애들의 동태를 살폈다.

제일 앞에 있던 남자애가 문 바로 앞에 서 있어서, 교실 안을 들여다보려고 발꿈치를 드는 녀석도 있었다.

흥, 뭘 어쩌려고—나는 자리에서 일어섰다.

윤미가 내게 손가락질하며 다시 뭐라고 하자, 남자애들이 코웃음을 치더니 싸움할 준비운동을 하듯 목을 꺾고, 손목을 돌리고, 손가락 관절을 우두둑거렸다—하지만 겨우 몇 분 만에 하나둘 교실에서 나갔다.

어이가 없었다. 하지만 윤미는 만족스러운 얼굴로 득의양양하게 웃어 보였다.

"신경 쓸 거 없어." 니나가 말했다.

물론 나도 신경 쓰지 않았다.

하지만 청소 시간에 같은 반 향은이 "지니야, 큰일이야!"

하고 사색이 돼 화장실로 달려오면서 사태가 급변했다.

"윤미가 니나한테 지니하고 사이좋게 지내면 같은 학년 전체가 니나를 무시할 거라고 하고 있어!"

"언제? 어디서?" 내가 물었다.

"아까 그랬어. 교실에서 니나한테 물을 끼얹었어." 향은이 말했다.

나는 바로 그 선택을 떠올렸다―누구보다 먼저 어른이 되든가, 아니면 다른 애들처럼 미쳐 날뛰든가. 이곳은 조선학교다. 일본학교가 아니다. 같은 민족이다. 난 날개를 활짝 펼치기로 했다. 꿈을 꾸는 듯했다. 거기엔 굳센 자유가 있었다.

곧 대걸레를 들고 화장실을 나섰다. 떠나기 전에 "알려줘서 고맙다" 하고 향은에게 인사했다. 떠나기 직전에 말을 꺼낸 건 그게 더 멋있다고 생각했기 때문이다. 어쨌든 기분이 아주 좋았다. 대걸레를 목검처럼 어깨에 걸치고서 복도 한가운데를 걸었다. 그 층에는 중학교 2학년 선배 교실도 있었다.

"지니, 뭐 하냐? 대걸레 들고 나가게?"

남자 선배가 재미있다는 듯 물었다.

"별거 아닙니다."

차가운 얼굴로 그렇게 답하자, 선배들은 이해했다는 듯

길을 비켰다.

"있지, 윤미 봤어?"

창수°라고 운이 좋아 보이는 이름을 가진 우리 반 남자애에게 내가 물었다.

"아니, 못 봤어."

"아니, 봤을걸. 잘 기억해 봐."

창수는 태어나서 처음으로 대걸레를 본 사람처럼 나를 쳐다봤다.

"너, 무슨 짓을 하려고?"

"윤미는 본성을 폭로하고 싶은가 봐."

"뭐? 누구 걸?"

"내 본성을 모두에게 폭로하고 싶다던데. 그래서 보여주려고. 윤미를 만나면 그렇게 전해줄래?"

"……알았어. 그럴게."

창수의 말에 나는 빙긋 웃었다. 떠날 때 인사도 잊지 않았다. 어깨에 대걸레를 걸친 채 다시 윤미를 찾아 나섰다. 하지만 윤미가 어디 있는지 말해주는 사람은 아무도 없었다. 그리고 수업 종이 울렸다. 정말 아쉬웠다. 대걸레를 들고 진짜 뭘 해볼 생각은 아니었다. 밝고 온화해서 남자애들

° 일본의 외래어 표기법으로는 '찬스'라고도 읽힌다.

사이에서도 인기가 많은 니나를 1학년 모두가 무시하긴 누가 봐도 어렵다.

그보다 윤미가 또 어떤 수법으로 아무런 소용도 없는 괴롭힘을 걸어올까, 그땐 어떻게 되갚아 줄까, 그 생각에 가슴이 설렜다. 그랬는데 괴롭힘은 그날로 사라져 버렸다.

아무래도 창수의 운은 내가 아니라 윤미에게 미소 지은 듯하다. 창수는 나와 헤어져 곧바로 윤미를 만났고, 이제 그만하라고 경고했다고 한다.

그날 이후 윤미가 내게 이래라저래라하는 일은 없어졌다. 그뿐 아니라 아예 한마디도 하지 않게 됐다. 화장실에서 만나든, 복도에서 눈이 마주치든, 다른 사람이 있든 없든 말을 주고받는 일도, 눈을 마주치는 일도 없었다. 가끔 향은이 다가와 윤미가 너에 대해 이런 얘기를 했다, 저런 얘기를 했다, 하고 상세히 알렸지만 그런 건 아무래도 상관없었다. 조용하기만 하다면 그걸로 됐다. 그렇게 억지로 날 타이르고 있었다.

조선인은, 꺼져라

조선학교에 입학하기 전—나는 6년 동안 일본 이름으로 일본 초등학교에 다녔다. 조선학교의 존재는 친척을 통해 어렴풋이 들어본 정도였다. 민족의식이 어쩌고 조선 문화가 어쩌고 하는 얘기는 전혀 듣지 못했고, 그저 학교 이름이라고만 생각했다. 교내에서 일본말이 아니라 조선말을 쓴다는 것쯤은 알고 있었다.

우익 집단의 자동차를 발견할 때마다 초등학생이던 나는 교복 속으로 국적을 감췄다. 사립초등학교였기에 우린 모두 같은 옷을 입고 있었다. 얼굴도 비슷했다. 검은 머리칼에 코가 낮고 눈은 쌍꺼풀이 있기도 하고 없기도 했는데 언뜻 봐선 큰 차이가 없었다. 그러니 친구들 사이에 숨으면 간단히 내 모습을 감출 수 있었다.

완전히 숨은 건 아니다. 성은 한국식이라 내가 일본인이 아니라는 것쯤은 누구나 알고 있었다. 그 무렵 친구들과는 마음이 잘 맞고 말이 통해서 자연스럽게 친구가 됐다. 하지만 친구들에게 "우익 선전 자동차가 무섭다"라는 말은 하지 않았다. 다들 시끄러운 자동차라고만 생각했다. 덕분에 나도 어느 틈엔가 그저 시끄러운 자동차라고만 생각하게 되었다. 연설하는 우익 사람들과 눈이 마주쳐도 무섭지 않았다.

언제부턴가 나는 게임을 하고 있었다. '어디 한번 날 찾아보시지?' 자동차를 향해 마음속으로 그렇게 중얼거렸다. 내가 월리°라도 된 기분, 혹은 틀린 그림 찾기라도 하는 기분이었다.—이 풍경 속에 틀린 그림이 딱 하나 있습니다. 뭘까요? 무엇이 틀린 그림일까요? 누가 틀린 그림일까요? 그게 뭔지 알겠습니까—

"조선인은, 이 땅에서 나가라! 조선인은, 너희 나라로 돌아가라!"

우익이 소리치면 난 교복 속에 몸을 숨기고 자동차 옆에 선 남자를 향해 싱긋 웃었다. 남자는 이상하다는 얼굴로 시

° 마틴 크로포드가 1987년부터 출간한 그림책 시리즈 『월리를 찾아라』의 주인공.

선을 피했다.

내가 다닌 초등학교는 고등학교까지 그대로 올라가는 에스컬레이터식 학교였다. 학생들 대부분은 졸업할 때까지 12년 동안 같은 친구들과 지냈다. 하지만 나는 달랐다. 국적을 숨길 마음이 전혀 없었던 것과 마찬가지로, 나는 아주 자연스럽게 조선학교로 진학할 거라고 모두에게 말했다.

초등학교 6학년 역사 수업 시간이었다. 조금 있으면 일본이 한반도를 침략한 이야기로 들어가기에 왠지 긴장됐다. 선생님은 단 몇 줄 만에 끝나는 식민지 시대의 한반도 역사를 담담하게 읽더니, 그래, 이건 박지니 같은 사람들 이야기네, 하고 덧붙였다. 반 애들이 동시에 나를 봤다. 나는 어쩔 줄 몰라 혀를 내밀고 실실 웃었다. 나와 관계가 있다는 역사 수업은 겨우 몇 분 만에 끝났다.

며칠 후의 일이다. 이구치라고 세일러 문만큼 긴 머리칼을 가졌지만 세일러 문과 달리 인기는 그다지 없는 아이가 쉬는 시간에 내 책상까지 찾아와 곤충이라도 관찰하듯 내 얼굴을 빤히 쳐다봤다. 그러더니 아무 말 없이 자리를 떴다. 이구치는 좀 별난 아이라, 어제 귀신을 봤다느니 하는 얘기를 하고 다니는 애였다. 나도 반에서는 이상한 애라고 불리면서 괴짜 취급을 당했기 때문에 이구치에겐 멋대로 친근감을 품고 있었다. 그래서 이구치가 날 빤히 쳐다봤을 때도 이상하단 생각은 들었지만 크게 신경 쓰지 않았다.

그날 하굣길에 역 플랫폼에서 이구치를 발견한 나는 "같이 가자!" 하고 달려갔다. 이구치는 무시했다. 그냥 가려는 이구치의 팔을 잡자, 이구치는 엄청난 기세로 돌아보며 "더러운 손으로 만지지 마!" 하고 소리쳤다. 내 손이 더러웠나 싶어 손바닥을 뒤집어 확인했다. 눈에 띄는 흔적은 없었다. 그러자 이구치가 어처구니없다는 듯 코웃음 쳤다.

"바보 아냐? 조센징.° 저리 가."

이구치는 그 말을 남기고 플랫폼 끝으로 걸어갔다.

금세 뒤에서 친한 친구들이 다가왔다. 무슨 얘기를 했느냐고 묻기에 나는 솔직하게 대답했다. 친구들은 이구치를 욕하며 내게 힘을 북돋워 주었다. 기분이 조금 풀린 나는 친구들과 장난을 치며 집으로 왔지만, 집에 도착하자 이구치가 한 말이 다시 생각났다.

저녁 식사 전, 사진이 놓인 탁자에 걸터앉아 손끝으로 우물쭈물 나뭇결을 긁고 있는데, 엄마가 다가와 "왜 그래, 무슨 일 있었니?" 하고 물었다.

"이구치가 나한테 손이 더럽대."

"손이 더러웠어? 뭐 하고 놀았는데?"

○ '조선인'을 뜻하는 일본말로 본래는 비하의 뜻이 없었으나, 일제강점기 이후 조선 민족을 향한 인종차별적인 단어로 쓰이기도 한다.

"조센징이래."

내 말에 엄마는 알겠다는 표정으로 내 옆에 앉았다. 탁자에 앉지 말라고 늘 주의를 주고는 했었는데 옆에 앉는 걸 보니 어지간히 심각한 이야기인가 보다, 하고 어린 마음에도 자세를 가다듬었다.

"지니는 어때? 조선 사람이 더럽다고 생각해?" 엄마가 물었다.

"아니. 그렇게 생각 안 해."

"어째서 그런 말을 하는지, 왜 더럽다고 생각하는지 물어보면 어떨까?"

나는 주저했다. 그런 거 묻고 싶지 않아. 그런 걸 물어보고 답을 듣는다고 해서 뭐가 달라질까. 듣고 싶지 않은 대답이면 어쩌지.

고민하는 내게 엄마가 말했다.

"분명 대답을 못 하겠지. 아무것도 몰라서 그런 소릴 한 거야"라고.

저녁을 먹는데 다시 이구치의 얼굴이 떠올랐다. 그러자 어쩐 일인지 화가 치밀었다. 내 손은 더럽지 않아. 엄마는 그런 내 마음을 읽은 듯 말했다.

"똑같이 복수하면 안 돼. 알겠니? 아무 짓도 안 하겠다고 약속해."

그 자리에서 아무 짓도 안 하기로 맹세했기에 나는 정말로 아무것도 할 수 없었다. 하지만 이구치가 쏘아붙인 조센징이라는 말은 나뿐만 아니라 친구들의 귀에도 남았으리라. 그날 이후 조선학교란 게 뭐야, 하고 친구들이 물어보면 "나 같은 조선인이 다니는 학교야" 하고 역사 선생님이 그랬던 것처럼 짧게 설명했다. 이구치는 이런 말도 퍼뜨리고 다녔다. 지니는 치마저고리를 입을 거래. 조선학교는 그런 곳이라고 엄마 아빠가 그랬어. 친구들은 내가 전학 갈 조선학교에 관해 묻지 않았다. 그저 조금씩 거리를 두며 나를 멀리하게 되었다. 역사 선생님은 무슨 죄인이라도 보듯 나를 보았다. 내 자리를 지나갈 때나, 계단에서 마주칠 때도 곁눈으로 흘끗거리고 증오마저 느껴지는 시선으로 나를 보았다.

"나 같은 조선인이 다니는 학교야"라는 말 같은 건 하지 말 걸 그랬다.

그땐 정말로, 아무것도 몰랐다.

교실의 초상화

여름방학 직전—오후 청소 시간이었다. 교실에 걸린 김일성과 김정일 초상화가 늘 보는 풍경의 일부가 아니라 엄청나게 신경이 쓰이는 존재로 눈에 들어오기 시작했다. 공연히 불쾌해진 나는 그게 뭔지도 생각하기 전에, 좀 전까지 마룻바닥을 닦던 더러운 걸레를 몇 번이나 초상화 쪽으로 집어 던졌다.

그러다가 이성을 잃은 채 걸레를 마구 던지고 있었다. 웃는 남자애도 있었지만, 대부분은 나의 갑작스러운 행동에 아연실색하여 놀라움을 감추지 못했다. 교실은 쥐 죽은 듯 조용해졌다. 나는 그 행동을 멈출 타이밍을 완전히 놓쳤다. 던졌던 걸레를 주워서 다시 던졌다. 멈출 계기를 준 건 윤미었다. 때마침 교실로 들어온 윤미가 지니, 하고 내 이름을 불렀다. 윤미가 내게 말을 건 것은 대걸레 사건 이후 처음이었다. 김일성 이마에 맞은 걸레는 분하군, 하고 분통을 터뜨리듯 바닥으로 떨어졌다.

"하지 마." 윤미는 조선말로 중얼거렸다.

아주 작은 목소리로 속삭이듯 말해서, 복도를 쓰는 빗자루 소리에 묻힐 뻔했다. 윤미는 더 이상 아무 말도 하지 않았다. 나도 대꾸하지 않았다. 본디 하얗던 윤미 얼굴이 한층 희어 보여서 역시 해서는 안 되는 짓을 했구나 싶었다. 윤미의 경직된 표정은 그 어떤 말보다 설득력이 있었다. 내가 한 짓은 누구의 귀에도 들어가지 않았다. 아무도 선생님에게 고자질하지 않았다. 그때 교실에 있던 아이들만의 비밀이 됐다. 아니, 비밀이라기보다는 그 자체가 없던 일이 됐다. 아무도 내게 묻지 않았다. 하지만 그날부터 나는 초상화를 풍경의 일부라고 생각할 수가 없었다. 내가 우익 선전 자동차 앞에서 자, 뭐가 틀렸을까요? 틀린 걸 찾아보세요, 라고 했던 것처럼 초상화가 내게 무슨 말인가 속삭이게 되었다. "이 풍경 속에는 틀린 것이 있지. 너희는 그게 무엇인지 아느냐." 김씨 부자가 그렇게 물었다.

수업 중에도 나는 필사적으로 틀린 것을 찾았다. 뭐가 잘못됐다. 뭐가 틀렸지. 어디가 틀렸지. 어째서 틀렸지. 나는 열심히 뭐가 틀렸는지 찾았다.

"지니야, 풀어봐라."

칠판 앞에 선 로리콘° 수학 선생님이 기쁜 듯 말했다. 내가 칠판 정중앙 상단에 걸린 초상화를 뚫어져라 쳐다보는 바람에 착각을 한 모양이었다.

"모릅니다." 나는 정직하게 조선말로 대답했다.

"트라이 해보자." 남자는 끈질겼다.

트라이는 일본식 영어로 발음했고, 나머지는 조선말이었다. 학교에서 일본말은 사용 금지였는데 영어는 써도 됐다.

"아, 모른다고 했잖아. 귀찮아 죽겠네." 나는 일본말로 중얼거렸다.

언제나처럼 목덜미를 잡혀 교실 밖으로 쫓겨났다. 반 애들에겐 익숙한 광경이었다. 별일 아닌, 평소와 같은 지니다.

그렇게 몇 주가 흘렀지만 무엇이 틀렸는지 찾을 수 없었다. 나는 초조했다. 그렇게 수업은 멋대로 굴러갔고 다시 시험 기간이 찾아왔다. 나는 모든 문제의 답안을 김일성, 김정일이라고 써냈다.

당연히 잡혀갔다.

나는 교무실로 끌려가 몇 가지 질문을 받았다. 그중 어느

° 중년의 남성이 여성 청소년을 성적 대상으로 여기는 심리인 '롤리타 콤플렉스'의 일본식 줄임말.

것도 제대로 답하지 못했기에 교무실 베란다에 한 시간 남짓 꿇어앉아 있으라는 벌을 받았다. 발이 저리기 시작했을 때, 이걸 참아내는 게 아무 의미가 없다는 생각이 들었다. 꿇어앉기를 견딘다고 해서 내가 지킬 수 있는 건 없었다. 이것은 그저 알맹이 없는, 단순한 고통일 뿐이다.

"몰라서 그랬습니다. 문제를 모르니까 아는 걸 썼을 뿐입니다."

그렇게 자백하자 로리콘 교사는 깊은 한숨을 내쉬며, 좀 더 열심히 조선말을 배우도록 노력하자면서 겨우 날 풀어줬다.

북조선에서 온 편지 2

친애하는 딸에게

지난번 편지 이후 또 한참이 흘렀구나. 미안하다. 빨리 쓰고 싶었지만 이런저런 일이 있었거든. 정말로 많은 일이 있어서 좀처럼 편지를 쓸 수가 없었단다. 진심으로 미안하다. 건강히 잘 지내니? 애린이 네가 벌써 아이를 낳았다니. 정말 축하한다. 할 수만 있다면 병원에 가서 새로운 생명을, 새로운 가족을 이 두 팔로 꼭 안아주고 싶은데. 그런 날은 안 올 것 같다만 사진이라도 보내준다면 정말 기쁘겠다. 한 장이라도 좋아. 혹시 있다면 보내주지 않겠니? 예쁜 이름을 지어줬더구나. 남편하고 같이 정한 것이야? 딸이 크면 북조선에 놀러 오란 말은 못 하겠구나. 게다가 난 이제 여기서 나갈 수 있을 것 같지가 않아. 가족을 소중히 여기렴. 설득력 없는 말이겠지만, 진심으로 널 사랑한다. 그리고 너의 새로운 가족도. 지니—멋진 이름이야. 분명 좋은 아이로 자라겠지. 그러니 이젠 네 가족만 생각해라. 아빠는 잊어다오. 알겠지. 이제 편지는 기다리지 마라. 끝으로, 그동안 정말 미안했다. 사랑한다. 가슴 깊은 곳에서부터, 진심으로 널 사랑한단다. 그것만 기억해 준다면 더 바랄 것이 없겠다. 이런 속수무책 아버지의 딸로 있어줘서 고맙다.

아빠가

치즈의 첫사랑

나는 녀석을 사랑했다. 시작은 배가 고파서였다.

 엄마가 싸 준 도시락으론 부족해서 고등부에 새로 생긴 식당에 치즈핫도그를 사러 갔을 때, 착실히 줄을 서 있는 키 작은 중학교 1학년 여자애를 뒤로 밀치고 새치기해 들어온 고등학생 여자들이 있었다. 날 못 봤나 싶어서 "저기요" 하고 말을 걸었는데, 귓가에 파리라도 날아든 표정을 지어 보이며 ─ 이렇게 만나지 않았더라면 칭찬해 주고 싶을 정도로 ─ 멋지게 무시했다. 나도 성질이 나서 쯧 하고 혀를 찼다. 여자들은 세 명이었는데, 셋 다 거의 동시에 고개를 돌려 날 노려보았다. 나는 반사적으로 포니테일이 죽도록 잘 어울리는 말 궁둥이 같은 얼굴을 한 셋을 향해 "뭘 봐, 못생긴 게"라는 말을 뱉어버렸다.

왜 그랬을까. 난 사실 태도만 거칠었지 소심한 사람이다. 그래서 그때도 심장이 터질 만큼 가슴이 떨렸다. 나는 팔짱을 끼고 떨리는 마음을 감춘 채 평정심을 가장했다. 포니테일 셋은 아무런 반발도 하지 않았다. 중학생의 하찮은 외침 같은 건 애초에 흥미도 없었으리라. 상대는 훌륭한 어른이었다.

그리 감탄하며 송구한 마음마저 먹고 있는데, 며칠 후 그 고등학생들이 날 고자질하러 굳이 중등부 건물까지 찾아왔다. 내 이름은 몰랐겠지만 담임을 비롯해 다른 선생님들까지 "쟤다!" 하고 하나같이 날 지목했다.

생각보다 일이 커져 량 선생님이 중간에 끼어 몇 시간이나 지루한 상담이 이어졌고, 서로 화해할 것을 강요당했다. 하지만 그쪽이나 나나 납득할 수가 없어서 마지막까지 화해의 악수는 하지 않았다. 심지어 난 "귀찮아 죽겠네"라고 하면서 몇 번이나 혀를 찼다. 고등학생이 날 상대해 줘서 들떠 있었는지도 모른다.

그날 방과후, 하굣길에 열 명쯤 되는 여자 고등학생들이 나를 둘러쌌다. 곧바로 오늘 내가 한 시건방진 태도를 후회했다. 넌 오늘 죽었어, 하는 분위기로 고등학생들이 슬금슬금 내게로 다가오며 과시하듯 팔을 돌리고 소리 나게 손가락 관절을 꺾었다.

 나는 싸움을 자주 거는 주제에 실제로 주먹다짐해 본 적은 한 번도 없었다. 얻어터지는 감각도 모른다. 그래서 정신이 아득하게 이런 생각만 들었다. 아프겠다, 얼굴은 싫은데 배를 때려주면 안 될까, 그 정도는 이해해 줄 거야, 진짜 미치겠네, 얼굴은 좀 봐달라고 하면 부탁을 들어줄까. 그때 돌연 재환이 나타났다. 그야말로 왕자처럼 보였다. 숱하게 날 놀렸으면서 그래도 다급할 때 도와주러 왔구나―하고 생각했는데 그건 아니었다. 재환은 조금 떨어진 곳에서 날 손가락질하며 사람을 바보 취급하듯 웃었다. 뭐 하는 거냐고 재환에게 눈짓하니 로버트 드니로처럼 두 팔을 벌리고 어깨를 으쓱하며 장난을 쳤다.

 "쥐방울만 한 게 까불었겠다." 고등학생은 그 비슷한 말을 하며 손가락 관절을 우두둑거렸다.

 이제 시작이구나, 하고 생각한 순간―한 손에 팝콘을 들고 유쾌하다는 듯 지켜보던 재환이 불쑥 다가왔다.

 "실례합니다." 녀석은 조선말을 쓰며 내 옆에 서서 "무슨 일이실까요?" 하고 저자세로 선배들에게 물었다. "넌 누구야, 상관없는 놈은 꺼져"라는 말이 날아왔다. 재환이 '누구'냐는 말을 듣는 걸 보고 나는 웃음이 터질 뻔했다.

 "그럴 순 없겠는데요. 아무리 그래도 같은 반이라 그냥

갔다가 원망을 사면 나중에 귀찮아지거든요."

"하아?" 선배는 입으로 방귀라도 뀌는 듯이 목소리를 째지게 높였다.

"이 녀석, 반에서도 꽤 문제아거든요. 또 터무니없는 짓을 저질렀구나 싶어서—."

"조선말로 해." 말상이 조선말로 성질을 부렸다.

재환은 그야말로 면목이 없다는 표정을 지었다. 그게 도리어 패거리들 신경을 거슬리게 하는 거 아니냐고 묻고 싶었지만, 재환은 그 표정이 마음에 드는 것 같았다.

"조선말로 하면 이 녀석이 못 알아들어요. 두들겨 패고 싶으신 마음도 이해는 갑니다. 실은 저도 하루에도 몇 번씩 그러고 싶으니까요. 인사를 해도 매번 무시하지, 그러니까 진짜로 패주고 싶을 때가 있어요. 그래도 이 녀석, 보기엔 불알이 달린 것 같아도 여자니까요. 이 녀석 대신 저를 때려주십시오."

"널 때려서 뭘 어쩌란 거야."

맞는 말이다.

"됐으니까 저리 가."

내가 당황해서 말했지만, 재환은 무시했다.

"저리 가라니까."

나는 재차 말했다.

"사과해."

"뭐?"

"사과하라고."

"어째서."

"네가 잘못했을 거 아냐."

"난 잘못한 거 없어."

"그럴 리가 없잖아. 이렇게 많은 사람이 화가 났는데."

하긴. 어째서 이런 일이 생겼을까. 잘은 몰라도 내가 잘못한 듯한, 나도 나빴던 것 같은 기분이 들기 시작했다. 그렇지 않아, 하고 생각을 고쳐먹으려 했지만, 안타깝게도 나에게도 역시 잘못이 있다는 생각이 들었다.

"음."

"거봐, 너도 그런 것 같지?"

"조금은." 나는 어쩐지 부끄러웠다.

조선말로 대답해서가 아니라 솔직하게 말하는 게 부끄러웠다. 그걸 얼버무리려고 장난스럽게 손가락으로 약간, 이라는 동작도 해 보였다.

"사과하라니까." 재환은 반쯤 웃으며 말했다. 내 제스처가 먹혀든 것 같았다.

"너희들 지금 장난하냐?" 선배가 말했다.

당연하지, 라는 말은 하지 않기로 했다.

"장난하는 거 아닙니다." 재환이 나 대신 대답했다.

선배들 모두 내가 사과하기를 차분히 기다렸다. 상관도 없는 재환을 패고 싶은 사람은 아무도 없으리라. 그렇다고 내가 맞는 걸 본 재환이 설쳐댄다면, 아무리 어리다고 해도 남자한테 주먹으로 맞고 싶은 사람도 없을 터였다. 나는 마지못해 사과하기로 했다.

"죄송합니다."

"안 들려."

"죄송합니다." 나도 덩달아 소리가 올라갔다.

"제대로 사과해." 선배들은 목소리를 모아 말했다.

재환이 팔꿈치로 슬쩍 날 찔렀다. 빨리 해치워, 라는 의미이리라. 나는 끝내 포기했다. 백기를 들고 "죄송합니다" 하고 이번에는 조선말로 사과하면서, 유치원 때 버스 기사 아저씨한테 하라고 배웠던 인사를 떠올리며 고개를 푹 숙였다.

"두 번 다시 식당에 나타나지 마라."

고등학생들은 툭 던지듯 말하곤 어슬렁어슬렁 역으로 가버렸다. 어쩐지 김샜다.

"은혜는 갚아라." 재환이 말했다.

"알았다, 알았어."

"장난 아니야. 나 여자한테 맞을 뻔했어."

"후훗."

"웃을 때가 아냐."

"고마워."

"진심이냐."

"진심이야."

"글쎄다."

흡사 맘이 삐뚤어진 피노키오를 대하는 말투다. 내 코는 여전히 납작한데.

"이제 식당엔 가지 마."

"배가 안 고프면 안 갈게."

"배고프지 마라."

"괜찮아. 사과했잖아."

"괜찮지 않을걸."

"이제 쟤들이 날 또 건드리면 그땐 내 탓 아니야. 거기다 쟤들은 고등학생이잖아. 우리보다 한참 어른이라고."

"네가 할 소린 아닌 거 같은데." 재환이 또 웃었다.

온화하고 다정한 미소였다. 저런 미소를 짓는 앤 줄 몰랐는데.

역까지 걸어가면서 재환은 쭉 미소를 지었다. 그 옆모습을 보는데, 어쩐지 마음이 차분해지더니 살짝 현기증이 났다. 이상하게 그 상태 그대로 잠들 수 있을 것만 같았다. 한

평생 노력해도 재환처럼은 되지 못하리라. 난 여태 재환의 뭘 봐온 거지. 아무것도 못 봤던 건지도 모른다. 자세히 보니 재환의 눈동자가 무척 맑았다. 가능하면 그 눈동자가 앞으로도 쭉 나를 봐주면 좋겠다고 생각했다.

대포동

조선학교에 입학하고 첫 여름방학이 끝났다. 하긴 여름방학 내내 동아리 연습이 있어서 학교는 쭉 나갔다. 나는 배구부였다. 하지만 아직 내 인생에 배구를 할 기회는 찾아오지 않았다. 1학년은 연습에 나가도 공 줍는 일밖에 시켜주지 않는다.

그해 여름, 도쿄는 무척 더웠다. 뉴스는 연일 무더위 소식을 전했다. 여름방학 마지막 날엔 축구부 시합이 있어 전교생한테 응원하러 오라고 했지만, 나는 우리 동아리도 아닌데 싫어 예사로 참석하지 않았다.

개학 날인 그날은 전날 북조선에서 미사일을 발사했다는 보도로 시끄러웠다. 미사일은 일본열도를 관통해 바다로 떨어졌다고 한다. 역 앞 가판대에도 북조선이라는 글자가 큼직하게 일렁이고 있었다. 재일본조선인총연합회라는 글자도 있었다.

당시 북조선은 김정일 정권하에 있었는데, 갓 태어난 아기처럼 보드라운 머리칼을 허공에 둥실둥실 흩날리도록 자유로이 풀어놓은 독특한 헤어스타일의 김정일이 활짝 웃는 사진이 텔레비전이나 신문 지면을 장식했다. 험악한 표정을 한 조총련 의장의 사진도 실렸다. 하지만 조선학교라는 글자는 어디에도 없었기에 마음이 놓였다.

그날 나는 무사히 주조역으로 갈 수 있기만을 바랐다. 거기까지만 가면 안전은 확보된다. 역 플랫폼이나 전철 안에서도 치마저고리를 입은 나를 보는 시선은 곱지 않았고, 언제 욕설이나 주먹이 날아와도 이상하지 않은 긴박한 분위기였다.

나는 왼손으로 가방을 꽉 껴안고, 식은땀으로 축축한 오른손으로 치마를 움켜쥐었다. 아무하고도 눈을 마주치지 않도록 고개를 숙이고, 귀에는 CD플레이어 이어폰을 꽂았다. 음악은 일부러 듣지 않았다. 주위 움직임이나 차내 안내 방송에 귀를 기울였다. 누가 기침만 해도 깜짝 놀라 심장이 터질 듯했다.

이제 두 역만 더 가면 된다. 전철이 정차하면서 콩나물시

루 같은 차내에서 몇 사람이 균형을 잃고 쓰러질 뻔했다. 누군가 작은 목소리로 사과하는 소리가 들렸다. 문이 열렸다. 내리는 사람과 내리지 않는 사람으로 차 안은 격렬히 물결쳤다. 거센 파도에 휩쓸려 밖으로 나간 사람들은 일단 내려서 문 옆에 섰다가 곧 다시 올라탈 태세를 취했다. 그 뒤엔 지금부터 전철을 타려는 또 다른 줄이 있었다.

더 많은 사람을 태운 전철이 다시 출발했다.

이제 한 역 남았다. 숨쉬기가 너무 힘들어 고개를 들었다. 에어컨 쪽으로 얼굴을 대고 크게 숨을 들이마셨다. 계속 고개를 숙이고 있었던 탓에 현기증이 나고 속이 울렁거렸다. 이마에 맺힌 땀이 코끝으로 흘러내렸다. 땀인지 식은 땀인지 알 수 없었다. 전철에서 내리면 우선 물부터 사 마시자고 생각했다. 어쨌든 지금은 참아야 했기에 침을 꼴깍 삼켰다.

전철이 서서히 역에 정차했다. 머릿속은 물을 사야겠다는 생각으로 가득했다. 몽롱한 상태에서도 파도에 휩싸이지 않도록 가방을 꽉 쥐고 출입문 쪽으로 몸을 틀었다. 그때 누군가 혀를 찼다. 퍼뜩 놀라 뒤돌아보려 했다. 하지만 곧 정신을 차리고 다시 문 쪽을 주시했다. 누구와도 눈을 마주쳐선 안 된다. 불현듯 그 생각이 들었다.

금세 문이 열렸다. 앞에 있던 사람들부터 차례차례 내리기 시작했다. 나도 그 파도에 몸을 실으려 했다. 그때, 어떤 사람이 뒤에서 엄청난 힘으로 내 가방을 낚아챘다. 얼떨결에 누군가의 발을 꽉 밟았고, 나는 무서워져서 작게 비명을 질렀다. 파도를 거스른 나는 그 자리에서 빙그르르 돌았다. 귀에서 이어폰이 빠졌다. 사람과 사람 사이에 낀 듯한 이어폰이 어딘가로 당겨져 점점 앞으로 끌려가다가, 가방 바깥 주머니에 있던 CD플레이어가 바닥으로 세차게 내동댕이쳐졌다.

나는 가벼운 패닉 상태에 빠졌다. 그 자리에 쓰러질 것만 같았지만 어떻게든 필사적으로 버텼다. 그리고 그대로 전철 밖으로 끌려 내려갔다. CD플레이어는 아빠가 준 선물이었다. 새로 나온 CD플레이어 전단지를 들고 일에 지친 아빠를 이삼일 졸졸 쫓아다니며 졸라댔는데, 2주가 지나 이미 포기하고 있던 내게 아빠가 사 들고 온 깜짝 선물이었다. 반드시 되찾아야 했다.

나는 다시 전철에 올라탔다. 형광 핑크색 CD플레이어는 금세 눈에 띄었다. 그걸 주운 뒤 근처에 떨어졌을 이어폰을 찾았다. 사람이 밀려왔다. 이어폰은 포기할 수밖에 없다. 그렇게 생각하며 문 쪽으로 몸을 돌려 잠시만요, 저 내려요, 하고 소리 높여 말하고 싶었지만, 입이 떨어지지 않았다. 나는 안으로 떠밀렸고 출입문이 닫혔다. 정신이 멍했다. 불과 몇십 초 사이에 벌어진 일이었다. 결국 나는 이케부쿠로역에 도착할 때까지 내릴 수 없었다.

역에서 내려 한동안 벤치에 앉아 자판기에서 산 물을 들이켰다. 가방을 품에 안고 되도록 치마저고리가 감춰지길 빌었다. 아침의 이케부쿠로역에선 누구나 허겁지겁 달리고 있었다. 이럴 때 평소대로라면 고질라의 주제곡을 들으며 풍경을 즐겼겠지만, 지금은 그럴 여유가 없다. 수건으로 이마에 흐르는 땀을 닦으며 오가는 사람들을 40분 이상 멍하니 바라봤다. 시간이 얼마나 흘렀는지 깨닫고 나서야 겨우 그 자리를 뜨자는 결심이 섰다. 일어나 역으로 나갔다. 근처 파르코°에 갈 생각이었다. 학교에 가고 싶다는 마음 따윈 벌써 사라졌다. 무사히 주조역으로 가고 싶다는 마음보다도 한시바삐 치마저고리를 벗고서 안심하고 싶다는 마음이 컸다.

아무하고도 눈이 마주치지 않도록 바로 앞 지면만을 주시하며 걸었다. 여긴 어디지. 어제까지만 해도 내게 위험한 장소가 아니었는데. 그랬는데 오늘 갑자기 이렇게 위험한 곳이 되어버리다니. 앞에 있는 길모퉁이가 두렵다. 거기까지 걸어가도 아무 일이 안 생기면, 쓸데없는 생각을 했던

○ 역 건물과 연계된 패션몰 체인점.

날 비웃고 싶기도 했지만 웃을 순 없었다. 길모퉁이에 뭐가 있단 거야. 누가 나한테 무슨 짓을 하겠어. 바보같이. 지나치게 겁을 먹었어. 그렇게 스스로 타이르듯 중얼거렸다.

곧 1교시가 끝날 시간이었다. 내가 없는 날은 수업이 조선말로 이루어졌다.

선생님은 대부분 아주 다정한 사람들이었다. 폭력 교사도 있고 로리콘 교사도 있지만, 그런 선생은 어느 학교나 조금씩 있기 마련이다. 일부를 제외하면 조선학교 선생님들은 열정적인 교육가였고, 가끔은 지나칠 만큼 학생들을 생각했다. 조선학교 교육이라고 하면 '북조선 교육'이라고 오해하기 쉽지만, 선생님들 입에서 북조선이라는 단어를 들어본 적은 없었다. 북조선 얘기 같은 건 아무도 하지 않는다. 교복과 학교 행사를 빼면 일본학교와 조금도 다르지 않았다.

그래서 초상화가 어느 날은 그저 풍경에 불과했고, 어느 날은 명백히 이상한 물건이었으며, 어느 날은 내게 이렇게 속삭였다. 뭘 신경 써, 뭘 보고 있어, 뭐가 틀렸다는 거야, 무슨 근거로 잘못됐다는 거지.

미사일이 발사된 직후의 그날은 교실에 있지 않았지만 싫어도 초상화의 존재를 떠올릴 수밖에 없었다.

김씨 일가

제일 먼저 들어간 가게에서 입어보지도 않고 원피스를 사서 근처 화장실에서 갈아입었다. 그제야 안도의 한숨이 나왔다. 쇼핑하는데 치마저고리를 입은 나를 본 점원이 깜짝 놀랐다. 굳이 치마저고리가 아니더라도 평일 오전에 교복 입은 학생이 가게에 들어오면 의심스럽긴 하겠지만, 원피스를 고르는 날 보는 그 눈은 마치 내게 손발이 붙어 있는 게 이상하다고 말하는 듯했다.

대낮에 집으로 갈 수도 없으니 목적도 없이 어정버정 거리를 배회했다. 그러다 싫증이 나서 패밀리레스토랑에 들어가 음료를 주문한 뒤, 편의점에서 사 온 신문을 펼쳤다.

갓난아기 헤어스타일의 김정일과 재일본조선인총연합

회 회장의 얼굴 사진이 큼직하게 박혀 있고, 미사일에 관한 기사가 적혀 있었다.

하지만 그때 나에게 가장 큰 화두는 북조선 미사일이 아니라, 그 초상화였다.

초상화는 김씨 일가를 향한 감사의 마음을 표현한 거라고 들은 적이 있다. 전후 일본에 남은 재일조선인에게 문화를 지키고 교육하는 데 쓰라고 북조선이 돈을 지원한 일에 대한 감사의 의미로 제작한 거라고 했다.

조선학교에 입학하기로 한 올해 설날, 나라현에 사는 친척 집에 식구들이 모였다. 그때 삼촌이 술에 취해 이런 얘기를 했다.

전쟁 후 한국은 재일에 원조를 끊었다. 일본의 지배를 받은 식민지 시대가 끝난 지금, 재일까지 돌볼 상황이 아니라는 취지였으리라. 어쩌면 모국으로부터 배신자로 보인 것도 관계가 있었을지 모른다. 재일조선인의 대부분은 오늘날 한국 영토에 해당하는 지역 출신자다. 일본에 강제로 끌려온 사람도 많지만 일본군을 피해 바다를 건넌 사람도 있고, 일자리를 찾아 식민지 시대 전에 일본으로 온 사람도 있기 때문이다. 결국 도움의 손길을 내민 건 북조선이었다, 라고 삼촌은 말했다. 그리고 의미심장한 미소를 띠며 이렇게도 말했다.

"하지만 말이다. 그냥 지원만 해준 건 아니었을 거야."

일본에 남은 재일조선인 사이에도 균열이 생기고, 마침내 재일본조선인총연합회와 재일본대한민국민단이라는 두 단체로 확연히 분리됐다. 일본 내에도 눈에 보이지 않는 삼팔선이 그어졌다.

"전쟁 후 우리는 일본 국적을 가지면서도 외국인으로서 조선 국적이 됐어. 여기서 조선은 북조선을 말하는 게 아니야. 조국이 둘로 쪼개지면서 한국 국적으로 바꾸는 것도 가능해졌지. 하지만 어떻게 해야 국적을 바꿀 수 있는지 알지 못했고, 조선 국적을 가져야 아이들이 병역 의무를 면할 수 있다는 소문도 있었어. 아무튼 일본에 사는 한 어느 쪽이든 상관없었거든. 하지만 그 후로 조선 국적으로는 해외에 나갈 수 없게 되었다. 우린 동경하던 해외여행을 할 수 있느냐 없느냐 하는 중대한 벽에 부딪혔지."

볼부터 눈까지 새빨개진 삼촌은 애타는 듯한 표정으로 말했다.

"하와이다. 지니야, 알겠니? 넌 아직 모르겠지만, 하와이는 좋은 곳이야."

하와이 때문만은 아니겠지만, 지금 일본으로 귀화하지 않은 재일조선인의 대부분은 한국 국적이라고 했다.

"지니야, 내가 왜 나라현으로 이사 왔는지 알아?"

삼촌은 필요 이상으로 얼굴을 들이대며 물었다. 니혼슈°와 김치가 섞인 입냄새는 상상 이상으로 끔찍했다. 나는 코를 막으며 약간 거리를 뒀다.

"사슴이 좋아서?"

"바보야. 잘 들어, 여기는 나라현이다. 알겠니, 나라. 나라라고."

"나라……."

"그래, 나라. 우리나라."

"풋."

"말장난이 아니야. 지니 너도 살다 보면 알게 될 거다. 분명 알게 될 거야."

삼촌은 그렇게 말하더니, 텅 빈 잔을 한입에 털어 넣었다. 목 넘김이 없는 걸 깨닫고 한동안 쓸쓸히 텅 빈 잔을 바라보더니, 포기한 듯 담배에 불을 붙이고는 공중을 헤엄치는 연기를 그리운 눈으로 바라봤다.

도쿄로 돌아온 우리는 근처 절에 들렀다. 매년 거기서 신년 하례를 올리는 게 집안 전통이었다. 절에 다녀오는 길에 잘 아는 아주머니와 마주쳐 인사를 나눴는데, 엄마는 내게 저쪽에서 기다리라고 했지만 나는 모른 척하고 귀를 기울

° 일본주. 일본식 양조 기법으로 빚은 술을 말한다.

였다.

"드디어 돌아왔어."

그러면서 아주머니는 남들 눈도 아랑곳하지 않고 울음을 터뜨렸다.

"수용소에 갇혀 있었대. 내 생각엔 그런 것 같아. 본인은 아직 아무 말도 안 하지만. 글쎄, 이가 다 빠졌지 뭐야. 너무 말라서 누군지도 몰라봤어. 그렇게! 그렇게 많은 돈을 보냈는데! 송금이 안 오니까 그때부터 수용소에 처넣은 거지. 뻔해. 북조선이 하는 짓은 얼마나 더러운지 말도 못 해. 사람 하나 돌려받는 데 얼마나 많은 돈을 썼는지. 하지만 다행이야. 기적이 일어나서 다행이야. 정말로, 정말로 다행이야. 어쨌든 돌아왔으니까, 흔치 않은 일이니까."

대체 누가 돌아왔다는 걸까. 그날 밤 생각했다. 대체 얼마나 많은 돈을 낸 걸까. 북조선에선 기적이 일어나면 인간의 생명을 돈과 맞바꿀 수 있다. 진짜 대단한 나라다. 그렇게 대단한 나라를 세우고 끝까지 지배하려 드는 김씨 일가의 초상화 앞에서, 나는 매일 머리를 조아리고 있다. 그것도 학교에서―.

잘못됐다!

나는 무엇이 잘못됐는지 알아냈다. 어째서 이렇게 간단한 문제를 발견하지 못했을까. 교실에 있는 초상화는 잘못됐다. 학교에 걸려 있는 초상화는 잘못됐다.

드디어 속이 후련해졌다. 컵에 멜론 소다를 리필하려고 자리에서 일어났다. 화요일의 패밀리레스토랑은 뜻밖에 손님으로 북적거렸다. 시계를 보니 벌써 점심시간이었다. 직장인들과 근처 가게 점원으로 보이는 사람들로 실내는 혼잡했다. 하지만 학교에 안 가고 신문을 펼쳐놓은 채 멜론 소다를 마시는 중학생은 나 하나뿐이었다.

게임센터의 악마

태양이 서쪽으로 기울고 있었다. 분명 서쪽이었다.

이대로 곧장 집으로 갈까, 아니면 옷을 갈아입고 일단 주조역에 들러 니나와 친구들을 만나 교실에 걸린 초상화에 대해 어떻게 생각하는지 물어볼까.

나는 결국 주조역으로 가기로 했다.

이케부쿠로역에서 주조역까지는 갈아타지 않고 한 번에 간다. 주조역에서 옷을 갈아입기도 뭣해서 다시 파르코 화장실에 들러 치마저고리로 갈아입었다. 학교 사람들에게 원피스 차림을 보여주고 싶진 않았다. 주조역에는 선배들도 있다. 교복을 입고 당당히 돌아다니지 않는다면 내가 수업을 빼먹은 걸 눈치챌 터다. 니나 말고 다른 사람들에게는 몸이 안 좋았다고 해둘 심산이었다. 학교를 빼먹는 불량 학생처럼 행동하는 건 내 취향이 아니다. 게다가 난 불량 학생과 거리가 멀다. 그런 식으로 싸잡아 취급당하긴 싫다. 바닥에 주저앉아 100엔짜리 햄버거는 먹을 수 있을지 몰라도, 난 아직 완전히 품위를 잃진 않았다—라고, 그 무렵 나는 굳게 믿고 있었다.

방과후 이 시간대엔 일본학교 교복을 입은 학생들도 무리 지어 백화점을 돌아다녔다. 이게 예쁘다, 저게 예쁘다, 즐거운 듯 재잘거렸다. 엉겁결에 그 자리에 서서 학생들을 봤다. 내가 만약 조선학교로 전학 오지 않았더라면 저렇게 평범한 교복을 입고 저 속에서 국적을 숨기며 살았을까. 북조선이 미사일을 발사했대도, 최악의 상황에 미사일이 일본 어딘가로 떨어졌대도, 교복 속에 몰래 내 모습을 감추고 비슷한 나이대의 친구들과 안전하게 지낼 수 있었을까.

나는 문득 그리워져서 파르코 지하에 있는 게임센터로 향했다. 초등학교 때, 하굣길에 친구들과 게임센터에 가서 스티커 사진을 찍으며 놀곤 했다. 우리가 찍은 사진이 그 자리에서 스티커가 되어 나온다는 데 희열을 느끼며 정신없이 놀았다. 스티커 앨범을 반 애들과 경쟁하듯 돌려보면서 자랑했다. 사진이 많으면 많을수록 친한 친구라는 증거가 됐다. 특히 나와 같이 스티커 사진을 찍던 친구는 반에서 보스와 같은 존재였다. 우리는 친했다. 늘 같이 장난을 치고, 당시 유행하던 노래의 안무를 연습해서 복도에서 함께 추고. 우리가 사이좋게 지낸다는 건 다들 알았지만, 우린 스티커 사진으로도 그걸 증명해 보였다. 그대로 그 학교에 다녔더라면 어떻게 되었을까.

지하 게임센터로 가려면 일단 밖으로 나가야 했다. 길가로 난 별개의 출입문으로 에스컬레이터를 타고 내려가니 커다란 유리창이 있고, 한쪽 구석에 스티커 사진기가 보였다. 커튼 안에서 장난을 치며 사진을 찍는 학생들이 많았다. 다리밖에 보이지 않았지만, 재잘거리는 소리는 충분히 들려 왔다. 무릎 위로 짧은 스커트가 팔락이고 있었다. 나는 치맛자락을 잡고 조금 위로 올려봤다. 무릎은 보이지도 않았다.

나는 게임센터 안을 한 바퀴 돌았다. 신기한 외국의 거리에 와서 그 나라 사람들을 관찰하며 목적도 없이 슬렁슬렁 돌아다니는 관광객이라도 된 기분이었다. 나는 길을 잃었다. 어디로 가야 할지 알 수 없었다. 이것이 정말 올바른 길일까. 잘못된 선택을 한 건 아닐까. 다들 잘 지내고 있을까. 이구치는 어떻게 지낼까. 난 지금 내가 어디 있는지도 알 수 없었다. 이 게임센터에 있으면 언젠가는 옛 친구들이 나타나는 게 아닐까, 하고 기대하고 있었다.

"뭐 하냐." 돌연 등 뒤에서 남자 목소리가 들렸다.

소리가 나는 쪽으로 돌아보니 검은 슈트 차림의 남자 세 명이 서 있었다. 사십 대쯤 됐을까. 세 사람 다 키가 크고 체격이 좋아서 격투기 선수처럼 보였다.

오한이 들었다. 그들에게는 표정이 없었다.

"조선학교 다니냐."

한 남자가 머리끝부터 발끝까지 날 빤히 훑으며 말했다. 직장인이 아니라는 건 분명했고, 경비원 같지도 않았다. 피부는 잘 그을린 구릿빛이었다. 늠름한 눈썹은 엄격해 보이는 남자의 성격을 드러내는 듯했다. 나는 쭈뼛쭈뼛 고개를 끄덕였다. 남자는 내 눈을 똑바로 봤다. 속마음을 꿰뚫어보려는 듯했다. 나는 단단히 마음의 문을 닫고 엄중히 자물쇠를 걸어 잠갔다.

"이리 와봐." 남자가 다시 말했다.

다른 두 사람은 아무 말도 하지 않았지만, 내가 도망가지 못하도록 내 뒤에 떡하니 버티고 섰다.

앞을 걸어가던 남자는 게임센터 입구 부근에서 멈췄다. 때마침 에스컬레이터의 경사면 앞이라 내려오는 사람들이 지나가야 하는 통로였다. 나는 아주 조금 마음이 놓였다.

"뭐 하고 있어?" 남자가 물었다.

여전히 무표정한 얼굴이었다. 그냥 묻기만 하는 것인지,

화가 난 것인지 알 수 없었다.

"아무것도 안 하는데요—."

"혼자냐."

"네."

남자는 흐음, 하고 알겠다는 표정을 짓더니, 의심스러운 듯 게임센터 안쪽으로 시선을 옮겼다. 그사이 다른 두 사람이 사라졌다가 다시 금세 나타났다. 세 사람이 뭔가 눈짓을 하더니, 남자가 손을 크게 치켜들었다.

—날 때리려는 거야!

나는 반사적으로 얼굴을 손으로 가리고 눈을 감았다. 하지만 날아온 건 남자의 주먹이 아니라 비웃음 소리였다. 날 완전히 멍청이로 본다는, 단지 그걸 분명히 전하기 위한 웃음소리였다.

"맞을 줄 알았냐." 남자가 말했다.

대답하기 전에 약간 움츠렸던 몸을 천천히 폈다. 그러나 곧, 후회했다. 두려워 벌벌 떨고 있다는 걸 재확인했다. 남자의 검은 눈동자는 암흑 속에 깊이 잠긴 유리구슬 같았다. 나와 같은 인간의 눈이라고는 도무지 생각할 수 없었다.

맞을 줄 알았다. 하지만 고개를 끄덕이는 일조차 할 수 없었다.

"안심해라, 경찰이다."

나는 깜짝 놀라 고개를 들었다. ―경찰?

"너희 학교에 리 선생이라고 있지?"

"……리 선생님요? 네, 있습니다."

"그 새끼, 요즘도 그렇게 잘난 체하냐."

"잘난 체요? 아뇨, 리 선생님은 친절하세요."

"그 녀석이? 기분 나쁘게 배만 튀어나온 놈이잖아."

"배……?"

"일일이 따라 하지 마!"

"여자 선생님인데요." 나는 조금 빨라진 말투로 대답했다.

"여자라고?"

남자가 목소리를 높였기 때문에, 나는 움찔해서 다시 몸이 움츠러들었다.

"쳇, 리라는 남자 있잖아. 너 어느 학교냐. 주조 맞지?"

"맞아요. 하지만 전 중학교 선생님밖에 몰라요. 어쩌면 고등학교에 그런 선생님이 있을지도 모르겠지만, 전 잘 모르겠습니다."

그렇게 말한 직후였다. 나는 쓰러질 듯했다가 유리창에 손을 짚고 어떻게든 견뎠다. 뭐지. 왼쪽 뺨이 벌에 쏘인 것처럼 뜨거워졌다. 눈앞이 부옜다.

―맞은 거야?

그렇다. 난 지금, 뺨을 맞았다. 유리창에 반사되는 게임센터의 빛이 눈부셨다. 나는 애써 자세를 가다듬고 다시 똑바로 섰다.

"시치미 떼지 마."

남자는, 이 새끼 머리에는 든 게 없네, 라는 말이라도 하려는 듯이 왼손으로 집요하게 내 머리를 밀며 흔들어댔다. 하지만 나도 지는 건 죽어도 싫은 사람이다. 이번엔 남자의 눈을 똑바로 보며 분명하게 대답했다. "정말 모릅니다." 머리가 빙빙 돌았지만 어떻게든 정신을 차리고 참아보려 했다. 지지 마. 여기서 울지 마. 마음속으로 몇 번이나 되뇌었다. 나는 남자를 노려봤으리라. 그럴 생각은 없었지만, 분명 그랬을 거다. 남자는 혀를 찼다.

교복을 입은 내 또래 여자애 둘이 에스컬레이터를 타고 내려오다가 우리를 보자마자 조금 당황한 표정을 지었다. 자기들을 경찰이라고 밝힌 슈트 차림의 남자들은 어떻게 할까 고민하는 애들에게 아무렇지도 않은 표정으로 "지나가세요"라고 하며 가벼운 미소로 친근하게 길을 터줬다. 여자애들은 가볍게 인사를 하곤, 즐거워 보이는 화려함 속으로 그대로 사라졌다. 조금 떨어진 곳까지 걸어가더니 마음이 놓인다는 듯 "깜짝 놀랐네. 뭐야, 저거. 무슨 일이지. 무서워 죽겠네" 하고 웃음까지 섞어가며 말하는 게 들렸다. 돌아보니 범죄자라도 보는 시선으로 날 보다가 겁먹은 듯

곧장 시선을 피했다. 그 애들이 무섭다고 한 건 아무래도 남자들이 아니라 나인 것 같았다.

"여긴 성가시군. 어이, 너―." 남자는 턱으로 내게 이리 오라는 제스처를 했다. 그런 다음 주저 없이 에스컬레이터 뒤로 갔다. 거기에는 게임센터의 화려함이 미치지 않아 짙은 그늘이 져 있었다. 저 어둠 속 사각지대로 들어가는 건 너무 위험하다. 머릿속에 경보가 울렸다. 하지만 등 뒤에 서 있던 두 남자가 떨고 있는 내 등을 강제로 떠밀었다.

나는 말없이 반항하며 누름돌처럼 몸이 굳어 양쪽 발바닥으로 꾹 땅을 밟고 버텼다. 하지만 체격 좋은 두 남자 앞에서 나의 저항 따위는 치와와가 벌벌 떨며 짖고 위협하는 것보다도 미약했다. 가볍게 팔이 잡혔을 뿐인데 순식간에 에스컬레이터 뒤 어둠 속으로 끌려 들어갔다.

"됐어. 리 같은 놈은 조만간 알아서 뒈지겠지." 남자가 말했다.

나는 어둠이 가장 짙은 안쪽 구석에 세워졌다. 다행히 남자들 뒤쪽 불빛을 확인할 순 있었다. 나는 도움을 요청하듯 그 빛을 뚫어지게 바라봤다. 남자들 머리 위로 비치던 빛이 뭔가에 가로막혔다가, 다시 흔들렸다. 부디 망설이지 말아줘. 제발 부탁이야. 날 도와줘. 빛은 주저하듯 남자들 등 뒤에서 계속 흔들렸다.

"애초에 조센징은 더러운 생물이지."

남자가 말하며 한 손으로 내 턱을 꽉 쥐었다. 나는 남자의 얼굴을 올려다보는 자세가 됐다. 남자는 쥐었던 턱을 놓고 내 얼굴 윤곽을 따라 볼부터 입가까지 손끝으로 천천히 어루만졌다. 소름이 끼쳤다. 남자는 기뻐하며 기분 나쁜 웃음을 흘렸다.

"피부는 고운데, 속마음은 어떨까, 응?"

남자는 내 공포심을 농락하듯 이번엔 목덜미를 문질렀다. 그러더니 단숨에 내 목을 졸랐다. 숨쉬기 힘들 만큼 강한 힘, 그러나 아슬아슬하게 숨을 들이쉴 수는 있는 정도의 힘이 사람을 비웃듯 날 완전히 제압하며 목을 졸라왔다. 그러면서 귓가에다 속삭이듯 말했다. 어떠냐니까.

나는 그 손을 풀려고 필사적으로 애쓰며, 두 손으로 남자의 커다란 손을 잡았다. 남자의 손은 미동도 하지 않았다. 산소를 들이마시려 했지만 숨이 막혀 기침이 났다. 참았던 눈물이 흘렀다. 등에 닿은 벽이 이상할 정도로 차갑게 느껴졌다. 당장이라도 누군가 구해주러 올 거야. 희망이랄 수도 없는 희망에 매달려 봤지만 그 차디찬 벽이 내 기대를 가차없이 깨부쉈다. 온 힘을 다해 소리치려 했다. 하지만 목이 졸린 상태에서는 제대로 소리조차 낼 수 없었다. 바로 근처에 있는 게 분명한 게임센터가 몇 킬로미터나 멀리 떨어져 있는 것처럼 느껴졌다. 학생들이 웃는 소리도 이젠 들리지 않았다. 남자들의 등 뒤에 있는 천장 불빛이 크게 흔들렸다. 남자는 웃고 있었다. 그 웃음은 차가운 벽보다도 차갑게 내 마음을 얼려 산산조각 내버렸다.

—날 죽일 거야.

그럴 일은 없을 거라고 믿으면서도 그 상상에서 벗어날 수 없었다. 어차피 죽을 거라면—나는 온몸에 남은 힘을 모조리 짜내 무릎으로 힘껏 남자의 옆구리를 찼다.

남자는 놀란 표정으로 혀를 차더니, 별것 아니라는 양 웃었다.

쇠를 맞비비는 듯한 기분 나쁜 소리가 내게도 분명히 들려올 만큼 이를 악물었다. 으윽, 하는 힘없고 비참한 소리가 새어 나왔고, 눈물이 홍수처럼 솟구쳐 무참히 흘러내렸다. 분했다. 살짝 긁힌 정도인 건가. 효과는 조금도 없었다. 그래도 나는 남자의 유리구슬 같은 눈동자를 날카롭게 쏘아보며 제대로 나오지 않는 목소리로 말했다.

"죽여버릴 거야."

개미 숨 같은 목소리였다. 그래도 어떻든 소리는 났다. 몸의 떨림은 멈추지 않았다. 마음을 단단히 먹었다. 적어도 죽기 전엔 나를 구원하고 싶었다. 놀라지 마, 지니. 넌 지금 죽을지도 몰라. 하지만 놀라지 마.

"본성이 드러나는군. 그렇지. 조센징은 원래 그런 놈들이야. 속이 시꺼멓지, 안 그래?"

남자는 성질을 내며, 왼손으로는 목을 조른 채, 다른 손으로 내 가슴을 뭉개버릴 듯 움켜쥐었다. 나는 쇼크를 입은 나머지 대량의 숨을 들이마셔서 격렬하게 기침을 해댔다. 극심한 통증이 느껴졌다. 귓가에 닿는 끔찍한 숨결을 느끼며 나는 그저 울기만 했다.

이길 수 없다. 이렇게 썩어버린 놈을, 나는 이길 수 없어. 더는 아무것도 보이지 않았다. 시선 끝에 보이는 희미한 빛이 겨우 천장 불빛이라고 인식될 뿐. 내 두 손은 여전히 목을 움켜쥔 남자의 손목을 잡고 있었지만, 잡았다기보다는 닿은 정도인지도 몰랐다. 나는 인형이나 마찬가지였다. 남자의 손이 하반신으로 뻗어 음부에 닿았다. 나는 놀라 악, 하고 소리를 질렀다—그때였다. 남자가 갑자기 손을 떼더니 공이라도 내던지듯 내 머리를 지면으로 내동댕이쳤다. 나는 사정없이 바닥을 나뒹굴었다. 쓰러진 자세 그대로 숨죽여 흐느껴 울었다.

남자는 아무 일도 없었던 것처럼 잽싸게 양복 깃을 정돈하더니, 와이셔츠에 쓰레기라도 묻은 것처럼 허리 부분을 두어 번 털었다. 이어서 넥타이를 고쳐 매고는 마지막으로 이렇게 내뱉었다.

"젠장. 더러운 걸 만져버렸어."
남자는 후회하듯 혀를 차곤 자리를 떴다.

북조선에서 온 편지 3

먼 곳에 계신 아버지의 가족에게

처음 인사드립니다. 저는 진아라고 합니다. 놀라셨겠지만, 저는 당신 아버지의 딸입니다. 아버지는 북조선에 오자마자 결혼을 강요당하셨어요. 그러니까 우린 이복자매가 되겠군요. 아버지의 편지가 끊긴 지 벌써 여러 해가 흐른 줄로 압니다. 연락이 늦은 점 진심으로 사과드립니다. 아버지께서는 마지막 편지를 띄우고 얼마 지나지 않아 돌아가셨습니다. 사실 아버지는 오랫동안 병을 앓으셨습니다. 하지만 병원에 갈 수 없었습니다. 산을 몇 개나 넘어야 하니까요. 아버지께는 그럴 만한 체력이 남아 있지 않았습니다. 게다가 산을 넘어 겨우 병원에 닿는다 해도, 의사 선생님을

뵙고 약을 탈 수는 없었을 겁니다. 편지로는 도저히 쓸 수 없는 사연이 있습니다. 부디 널리 헤아려 주시기 바랍니다. 저와 어머니는 아버지가 숨을 거두시는 마지막 순간까지 옆에서 손을 잡아드렸습니다. 고통스러워하시는 모습을 보면서도 아무것도 해드릴 수 없었던 무력한 저희는 가슴이 찢어지는 심정이었습니다. 아버지는 정말로 따뜻한 분이셨습니다. 저는 진심으로 아버지를 사랑했습니다. 아버지가 돌아가셨을 때는 너무 괴로워서 뭐라 할 수 없는 슬픔과 분노에 가득 차 있었습니다. 하지만 이제 아버지가 고통받으실 일도 없다고 생각하니, 그 생각만으로도 조금은 위로가 됩니다. 집 바로 옆에 아버지의 묘를 세웠습니다. 아주 초라하고 작은 무덤이라 당신이 본다면 슬퍼할지도 모르겠지만, 그게 저희가 할 수 있는 전부였습니다. 언젠가 북조선에 오실 일이 생기신다면 기쁘게 무덤까지 안내하겠습니다. 묵을 곳이 마땅치 않으시다면 저희 집에 묵으셔도 됩니다. 그때까지 아버지의 묘는 저희가 잘 모시겠습니다.

진아 드림

비밀

비가 내리고 있었다. 때마침 우산이 없어서 좋았다. 나는 빗속을 걷고 싶었다. 젖은 도로에 자동차 불빛이 반사돼 눈이 부실 정도로 빛났다. 그 빛 속으로 빨려 들어가 차에 치이는 것도 나쁘지 않다. 하지만 차도로 뛰어들려면 인도 옆에 심어놓은 식물들을 뛰어넘어야 한다. 내겐 그럴 만한 힘이 남아 있지 않았다. 다리를 끌듯 걸었다. 차가 지나가지 않으면 인도는 새카만 어둠이었다. 달빛에 의지해 발걸음을 옮겼다.

남자는 알고 있었다. 내가 아무에게도 말하지 않으리라는 것을. 경찰서에도 가지 않으리라는 것을. 남자는 처음부터 다 알고 있었겠지. 목만 졸랐다면 경찰서로 갔을지도 모른다. 하지만 아니었어. 그렇지 않았다. 그래서 나는 경찰서에 가기는커녕 가족에게도, 친구에게도, 그리고 앞으로 그 누구에게도 말하지 않을 작정이었다. 비와 눈물이 뒤섞인 덕분에 아무도 신경 쓰지 않아서 좋았다.

엄마는 그날 내가 학교에 안 왔다는 연락을 받은 후, 경찰서까지 전화해 가며 종일 소동을 피웠다고 했다. 나는 죄송하다는 말도 없이 곧장 방으로 들어가 치마저고리부터 벗어 던졌다. 헐렁한 티셔츠와 반바지로 갈아입었지만, 기분은 조금도 나아지지 않았다.

치마저고리는 더러워져 있었다. 하지만 비에 흠뻑 젖었으니 상관없다. 몸과 얼굴에도 큰 상처나 멍은 없었다. 여기가 아파, 라고 말하지 않는 한 상처는 없었다. 내 몸에 손을 대는 게 너무 무서웠다. 강간을 당한 것도 아닌데. 그래. 아무도 날 덮치지 않았어. 더럽혀진 것도 아니고, 멍이 들 정도로 폭행을 당한 것도 아니잖아.

─그런데 왜 이렇게 괴로울까.

더 이상 참을 수 없었던 나는 꺄악 하고 소리를 질렀다. 땅이 갈라지고, 하늘이 무너져서, 세상 따위 나와 함께 다 망해버리면 좋겠어. 제우스의 번개가 우르릉 쾅쾅 내리쳐 후지산이든, 한라산이든, 백두산이든 다 산산조각 나면 좋겠어. 어차피 국경 같은 거 누군가의 낙서잖아. 왜 그따위

낙서 때문에 이런 일을 겪어야 해. 왜.

"지니야!" 1층에서 날 부르는 엄마 목소리가 들렸다— 온다.

거친 숨을 몰아쉬며 서둘러 방 안 가구들을 문 앞으로 끌어왔다. 그래도 엄마는 억지로 방문을 열려고 온 힘을 다해 문을 밀었다. 하지만 나는 재빨리 책꽂이까지 끌고 와 책을 마구 집어넣었다. 엄마 혼자 힘으로는 방법이 없었다.

"지니야, 무슨 일 있었니? 제발 부탁이야, 말해줘."

엄마는 연약한 목소리로 그렇게 말하고는 "부탁이야" 하고 한 번 더 중얼거렸다. 나는 아무 말도 하지 않았다.

"알고 있었니? 오늘 저고리를 입고 학교에 간 애는 한 명도 없었어. 지니 너밖에 없었대."

나는 귀를 의심했다.

"다들 체육복을 입고 갔대. 어제 오후부터 미사일 뉴스가 보도되어서 오늘부터는 체육복을 입고 등교하기로 결정이 되어 있었대. 그런데 네가 사라져서, 정말 무슨 일이 난 줄 알고—."

엄마는 괴로운 듯 숨을 뱉으며, 콧물을 훌쩍였다.

나는 오늘 하루 내게 쏟아져 내린 악몽을 하나하나 곱씹으며, 솟구치는 분노와 절망을 도로 밀어 넣으려는 듯 팔뚝을 손톱으로 힘차게 할퀴었다. 겹겹이 쌓인 가구들 앞에 등을 둥글게 말고 무릎을 감싸고 움츠리고 앉아 몇 번이고 팔을 할퀴었다. 피부가 벗겨지고, 작은, 정말로 작고 흰 줄이 산과 골짜기처럼 생겨났다. 그 사이로 붉고 가는, 마그마처럼 열기를 품은 한 줄기 강이 손목으로 줄줄 흘러내렸다. 강은 점점 더 불어났다.

"학교, 돌아갈까?"

엄마가 말했다.

내가 대답하지 않자 다시 한번 "일본학교로 돌아갈까?" 하고 물었다.

나는 대답하지 않았다. 침묵이 흐르고 엄마는 참을성 있게 내 대답을 기다렸다. 문을 사이에 두고 있었지만 엄마의 각오가 느껴졌다. 대답을 듣기 전까진 떠나지 않을 태세였다.

"이젠 못 돌아가." 분명한 어조로 그렇게 말했다.

"무슨 뜻이야? 어째서 못 간다는 거야."

"돌아갈 수 없어. 그뿐이야."

"제발 부탁이니 말 좀 해봐. 오늘 학교 근처에서 자전거 탄 남자가 어떤 학생한테 침을 뱉었대. 지니도 오늘 무슨 일 있었어?"

"아니."

"아무 일 없었어?"

"응."

"정말로?"

나는 다시 침묵했다.

"근데 소리는 왜 질렀어. 뭐가 있었으니까 소리 지른 거잖아."

"글쎄, 나도 몰라."

"지니야, 부탁이야. 제발 말해줘."

"아무 일도 없었다니까! 나 좀 내버려둬!"

나는 문을 향해 책을 던졌다. 엄마가 비명을 지르더니 문 너머에서 울음을 터뜨렸다. 갑자기 온몸이 묵직해졌다. 그 중력에 몸을 맡기고서 무덤 속으로 파묻히고 싶었다. 우는 소리도 듣기 싫다. 지긋지긋해. 두 손으로 귀를 막고, 무거운 눈꺼풀을 감았다. 지쳤어. 너무 힘들어. 전부 다. 깨끗이 사라져 버리면 좋겠어. 난 그저 혼자 있고 싶을 뿐인데. 이대로 잠들어서 두 번 다시 깨지 않으면 좋을 텐데.

혁명가의 알

나는 계속 학교를 쉬었다. 아빠는 일찍 퇴근하게 되었다. 집에서는 까불기도 하면서 어떻게든 밝게 행동하려 애썼다. 아빠는 무슨 일이 있었는지, 무슨 생각을 하는지 나에게 묻지 않았고, 언제든 말하고 싶을 때 얘기하라는 태도로 기다려줬다. 그게 날 편안하게 했고 안정감을 줬다. 하지만 엄마는 달랐다. 조금이라도 분위기가 편안해지면 그 틈을 노려 억지로 내 마음을 열어젖히려 했다. 그게 날 위하는 거라고 여겼는지는 몰라도 결국 나는 점차 엄마를 멀리하게 되었다.

그런 탓도 있었겠지만, 엄마는 쌓인 분노를 모조리 학교에 터뜨렸다. 조선말을 할 줄 모른다는 걸 알면서 어째서 연락을 소홀히 했느냐. 전화를 받은 사람에게 고래고래 소리를 지르며 화를 냈다.

학교에 가지 않은 지 3주가 흘렀다. 니나의 전화도 모조리 거부하고 나는 아무와도 말하지 않았다.

그날 아침, 무언가가 창문을 콕콕 두드리는 소리에 잠이 깼다. 일어나서 창문을 보니 참새가 있었다. 일어나, 어서 일어나. 내게 그렇게 말하듯 창문을 콕콕 쪼고 있었다.

처음엔 한 마리였는데, 잠시 후 또 한 마리가 날아왔다. 그리고 똑같이 창문을 쪼기 시작했다. 잠시 후 처음 왔던 참새는 어디론가 날아가고 한 마리만 남았다. 손을 뻗어 창문에 대려는 순간 참새는 날아가 버렸다.

참새가 사라지자 묘한 외로움이 밀려왔다.

여기저기 나뒹굴고 있는 책과 앨범, 마시다 만 주스, 대충 원상복구 해놓은 가구, 책상에 유성펜으로 마구 휘갈긴 낙서, 옷들이 엉망진창으로 쌓여 흐트러져 있는 옷장, 바닥에 떨어져 있는, 우주인이 쓴 저주와 같은 시詩―.

침대에서 방을 둘러보니 인간의 생기를 단박에 쓸어간 듯, 뭐라 말할 수 없이 무겁게 가라앉은 공기가 방 안에 가득 차 있다는 사실을 깨달았다.

시간은 언제부턴가 멎어버렸고, 좋아질 기미는 어디에도 보이지 않았다. 참새는 일부러 내게 와서 창문을 쪼아대며 그 사실을 알리려 한 걸까. 설마. 의심스러웠지만 어째서 내 방 창문을 쪼고 있었는지 달리 답을 알 길이 없었다.

그날 엄마가 아빠를 역까지 마중 나간 틈을 타, 니나 집으로 전화를 걸었다. 전화벨 소리가 서너 번 울리고 니나 엄마가 수화기를 들었다.

나는 하는 수 없이 내 이름을 밝히고 "니나 있어요?" 하고 물었다. 니나 엄마는 "어머, 지니구나, 잘 지내니? 학교엔 왜 안 와, 무슨 일 있었니?" 하고 연달아 질문을 해댔다. 제대로 만난 적도 없는 사람인데 내 소문이 사람들 입방아에 오르내리고 있구나 싶어 밉살스러운 말대꾸를 하고 싶어졌다. 단박에 수화기를 내리치고 싶은 충동을 꾹 참고, 바보처럼 배슬배슬 웃으며 "잘 있어요. 학교는 이제 곧 가려고요. 꽤 오래 쉬었으니까요" 하고 대답하고 "니나, 집에 없나요?" 하고 한 번 더 물었다.

"있어, 잠시만." 니나 엄마는 조선말로 말하곤 전화를 통화 대기 상태로 돌렸다.

익숙한 클래식 음악이 흘렀다. 나는 수화기를 귀에서 살짝 뗐다. 대기음으로 나오는 클래식을 좋아하지 않는다. 장대한 원곡을 이런 식으로 귀엽게 변조하다니, 원작자에 대한 모독이라고 생각한다. 나는 초조해지는 마음을 억누르기 위해 레이스 커튼 너머로 창밖 주차장을 바라봤다.

"지니야! 지니니?" 니나가 흥분한 목소리로 말했다. "괜찮아? 미안해. 정말 미안해."

"왜? 어째서 네가 사과를 해?"

"그야, 내가 체육복 입고 등교하라고 말하는 걸 깜박했으니까."

"무슨 소리야. 네 탓이 아니야. 내가 축구부 응원을 빠져서 그래. 소식을 못 들은 건 내 탓이지."

니나는 말이 없었다.

"미안해. 아무튼 난 괜찮아. 고마워. 교복이니 체육복이니, 그런 거랑 상관없어. 그냥 좀 쉬고 싶었을 뿐이야."

"거짓말."

"진짜야."

"그럼 학교는 왜 안 나와? 왜 쉬는데?"

"학교라— 참, 요즘 학교는 어때?"

니나는 으음, 하고 조금 고민하더니 "무선전화로 바꿀 테니까 기다려봐"라고 했고, 전화는 다시 통화 대기 상태가 됐다. 나는 그 끔찍한 클래식을 한 번 더 들어야 했다. 다시 생각난 듯이 창밖 주차장을 바라봤다.

"여보세요"라는 말과 함께 니나는 대답을 기다리지 않고 곧장 얘길 시작했다. "그 미사일 사건 있지?"

니나는 미사일이라는 단어를 익숙한 분위기로 시원스레

입에 담았다. 가볍다는 의미가 아니다. 다만 미사일은, 니나에게도 비현실적인 사건이 아니라는 느낌이 들었다.

"그날 이후 진짜 난리도 아니었어. 학교로 수돗물에 독을 탔다는 협박 전화가 와서, 교내 모든 수도꼭지에 접착테이프를 붙였다니까. 교내 자판기도 판매가 금지돼서 집에서 물통을 들고 오거나 편의점에서 음료수를 사서 학교에 왔어. 대신 쉬는 시간에 언제든지 외출할 수 있게 됐지. 물 사 오는 거 까먹는 바보들이 있잖아. 선배들 포함 남자애들 몇몇은 접착테이프를 떼고 물을 마셨다는 소문이 있었는데, 그게 정말이라면 진짜 바보 아니니. 그런 걸로 근성 겨루기라도 하려는 거야, 뭐야. 멍청하다니까."

"그래서 지금은 어때? 아직도 테이프 붙어 있어?"

"아니, 이제는 다 떼었어. 검사를 해봤대. 역시 그냥 겁만 주는 거였나 봐. 뭐, 예상은 했지만. 그래도 너무 무서웠어. 여학생들을 잡아서 빨가벗겨 매달아 놓겠다는 전화도 왔대. 그것도 그냥 으름장이겠지. 진짜로 무슨 짓을 저지른 사람은 없었던 것 같아. 그래도 누가 뱉은 침에 맞은 애는 있대."

"어, 그 얘긴 들었어."

"있지, 왜 학교 안 왔는지 물어봐도 돼? 말하기 싫어?"

"그건…… 당연히 물어봐도 되지. 별거 아니야. 진짜 사소한 일이었어, 지금 생각하면."

"뭔데?"

"그, 미사일이 발사된 다음 날 말이야. 난 초상화에 관한 걸 생각했었어."

"초상화? 무슨 초상화?"

"교실에 있는 초상화 있잖아. 김일성하고 김정일."

"아, 그거?"

"니나는 그 초상화 어떻게 생각해? 아무렇지도 않아?"

"음. 별생각 없는데. 그냥 예전부터 쭉 있었던 거고. 큰 의미도 없으니까."

"의미가 없을까."

"없어."

"그럼, 떼도 되겠네."

"그건 안 되지."

"왜? 의미도 없는데 왜 떼면 안 돼?"

"뗄 수 없어."

"어째서? 그럼 의미가 있단 얘기네."

"우리가 정할 수 있는 문제가 아니야. 더 위에 있는 사람들이 정할 문제지. 학교의 인간들이 정할 수 있는 게 아닐 거야. 더 위로 올라가야 할걸."

"더 위면 어디, 조총련 같은?"

"음, 아마도 그런 부류겠지."

"그놈들은 학교에도 없잖아. 떼어버려도 들키지만 않으면 되는 거 아냐?"

"그놈들이라니…… 바보야. 들킬 게 뻔하지. 그나저나 그런 거 생각하느라고 학교를 쉰 거야?"

"뭐, 그렇지." 나는 거짓말했다.

"뭐야, 진짜? 말도 안 돼. 지니 넌 뭐든 생각이 너무 지나쳐. 좀 더 편하게 살면 좋을 텐데. 네가 초상화에 대해 생각한다 해도, 우리 같은 힘없는 애들이 뭘 어쩌겠어. 확실히 그 초상화는 뗄 수만 있다면 나도 떼고 싶어. 볼 때마다 기분이 나쁘니까. 하지만 우리 같은 아이들이 어쩔 수 있는 문제가 아니잖아. 생각해 봤자 헛수고라고."

"어쩔 수 없는 문제라고, 진짜 그렇게 생각해?"

"당연하지. 누가 나서서 그런 무모한 짓을 하겠니? 꾸중을 들을 게 뻔한데. 혁명이라도 일어나지 않는 한, 그건 그냥 쭉 거기 있을 거야. 알겠어?"

나는 잠시 침묵했다. 주차장 문이 열리는 소리에 밖을 보니, 엄마가 차고에 차를 대려고 후진하고 있었다.

"듣고 있어?"

"있잖아, 아무한테도 말하지 말고 너만 알고 있어."

"뭘?"

"나 사실은, 혁명가의 알이야."

"갑자기 또 무슨 소리야. 바보, 바보, 이 바보야!"○

"어, 바보 뜻은 나도 안다고."

"그래서 뭐, 아까부터 똑같은 말만 하고 있잖아. 바보."

"이제 전화 끊을게. 엄마 왔어."

"알았어. 그럼, 내일 역에서 기다린다?"

"뭐?"

"내일 역에서 기다릴게. 그러니까 학교에 와. 네가 없으니까 지루해 죽겠어."

"───────."

"제발 부탁이야. 내일은 기분 좋은 뉴스도 있으니까."

"그게 뭔데?"

"오면 알아."

현관문 열리는 소리가 났다.

"알았어. 그럼 내일 봐. 이제 진짜 끊어야 해. 안녕."

"응."

"아, 맞다. 니나야, 고마워."

"아냐, 나야말로. 전화해 줘서 고마워. 기다릴게. 안녕."

나는 곧바로 전화를 끊었다.

○ 마지막은 조선말로 했다.

심장이 쿵쾅쿵쾅 뛰었다.

―혁명가의 알.

꽤나 느낌이 좋은 말이다. 그때부터 저녁 먹을 때까지, 나는 혁명에 대해 생각했다. 초등학교 때부터 조선학교에 다닌 니나가, 일본학교에 한 번도 다닌 적이 없는 니나가, 초상화를 뗄 수만 있다면 떼고 싶다고 했다. 볼 때마다 기분이 나쁘다, 의미가 없는 물건이다, 라고―. 하지만 그건 틀렸다. 의미는 있다. 커다란 의미가. 무슨 의미가 있는지는 나도 알 수 없었다. 하지만 그게 있음으로서 어떤 의미가 생기는지는 알 것 같았다. 북조선 미사일 사건은 학교에도 큰 영향을 끼쳤다.

진짜로 무슨 짓을 저지른 사람은 없었다? 그저 으름장에 협박일 뿐? 헛소리하지 마라. 분노로 몸이 떨렸다. 그날 이후 무거워진 몸이 지금은 움직이고 싶어 근질거렸다.

혁명―. 그 말을 머릿속에 되새기면 되새길수록 온몸이 불타버릴 정도로 어마어마한 에너지가 넘쳐흘렀다. 당장이라도 폭발할 것만 같았다. 펄펄 끓어오르는 마그마처럼, 분화 직전의 기분이다. 나는 희열을 느꼈다.

드디어 돌아왔다. 평소의 지니로, 되돌아왔다.

선언

지금이야말로 떨쳐 일어나자! 나 자신을 위해, 미래의 학생들을 위해!

인권·인명을 유린당하는 북조선에 사는 민족을 위해, 전 세계 납치 피해자를 위해, 목숨을 걸고 탈북한 사람들을 지원·응원하기 위해, 우리가 국제사회에 관심을 기울이는 조직이 돼야 한다. 그렇지 않으면 악독한 김씨 정권과 그들의 초상화를 거는 조선학교를 향한 모든 비난이 우리 같은 학생들에게 쏟아지는, 이 엉터리 같은 세상은 변하지 않는다. 우리는 김씨 정권과 함께하지 않겠다고 세상에 공표해야만 한다. 김씨 정권은 이르든 늦든 언젠가 반드시 붕괴한다, 그렇게 돼야 한다. 하지만 그날이 오면 조선학교 학생들도 이제껏 겪어온 이상으로 비난·차별·폭행을 당하게 되리라. 세계가 환희에 들썩이는 가운데 민족의 아름다운 문화·예술을 지켜온 학교는 붕괴하고, 학생들은 죄인처럼 살아가리라. 난 그런 미래를 참을 수가 없다. 학생 여러분은 참을 수 있는가. 어른들은 조직이 시키는 대로 한다. 그렇다면 학내 초상화는 우리 손으로 떼버리자!

조선학교 학생 여러분.

'역사'를 옛이야기로 느끼는 사람이 있다면, 그건 큰 오산이다. 지금의 역사는 우리가 쓴다. 오래전 재일조선인·한국인은 분명 피해자였다. 하지만 우리가 그저 피해자이기만 했던 시대는 이미 오래전에 끝났다.

북조선은 미사일을 발사했다. 어른들은 '그것이 인공위성이었다'라고 한다. 그러나 미사일이든 인공위성이든 우리에게 같은 결과를 가져왔으리라. 어느 쪽이든 우리는 교내 수돗물에 독을 탔다는 협박을 받고, 뱉는 침을 감수해야 했으리라.

정말로 아이들을 지키고 싶다면, 평화를 위한 싸움을 두려워하는 민족이 되어서는 안 된다. 그건 우리 학생들도 마찬가지다. 우리는 어른들이 시키는 대로, 인간의 생명을 하찮게 여기는 두 사람의 초상화 앞에서 머리를 조아리는 자세로 공부하고 있다.

'예전부터 있었다' '의미는 없다' '지지한 적 없다' '상관없다'. 그건 다 사실이겠지만, 등교를 거부한다는 선택지가 있는 이상 단순한 발뺌으로 들린다.

어느 누가 우리를 믿어주겠는가. 일본에 사는 우리는 저항할 수 있다. 주변에 떠밀려 사는 인간이 되어서는 안 된다. 목소리를 내는 일, 행동하는 일을 두려워하는 인간이 되어서는 안 된다. 학생들이여, 이 상황을 외면하지 말고 당당히 맞서자!

미사일 사건으로 북조선이 더욱 주목받으며 전국이 긴장감에 휩싸였다. 앞으로 비판도 한층 더 늘어나리라. 그때 일본에서 가장 큰 위험에 내몰리는 건 조선학교에 다니는 아이들, 약자인 우리다. 그렇게 되기 전에 지금 우리가 행동에 나서야 한다. 두려워만 할 것이 아니라 생각해야 한다. 상상해야 한다. 전 세계 사람들 눈에는 보이고, 우리 학생들 눈에는 보이지 않는 것이 무엇인지를. 초상화 하나 떼어낸다고 뭐가 달라지나. 그렇게 생각하는 사람도 있을 것이다. 분명히 말하겠다. 있는 것과 없는 것 사이에는 큰 차이가 있다. 그리고 이것은 최초의 걸음에 불과하다. 함께 떨쳐 일어나자. 누군가의 정의가 아닌, 나의 정의를 바로 세우기 위하여!

마지막 선녀

니나는 약속대로 주조역에서 나를 기다리고 있었다. 내 모습을 보자, 몇십 년 만에 만난 사람처럼 호들갑을 떨며 손을 흔들었다. 장시간 꼭 쥐고 있었는지 꼬깃꼬깃해진 손수건을 손에 들고 있었다. 하지만 니나는 기다렸다는 내색도 하지 않고 "안녕" 하고 인사하며 상냥하게 미소 지었다. 긴장한 나를 배려해서인 것 같았다.

나는 어젯밤부터 쭉 긴장하고 있었다. 저녁을 먹으면서 "이제 학교 갈게"라고 엄마에게 말했을 때도 진심이냐고 스스로에게 물었다. 엄마는 안심한 표정으로 "그래, 슬슬 가야지"라고 혼잣말처럼 중얼거렸다.

그런 다음 아직 깨끗한 체육복을 괜히 다시 세탁하고, 치마저고리의 치맛주름을 한 칸 한 칸 정성스럽게 다림질했다. 지금도 등교는 체육복 차림으로 하고, 학교에서 치마저고리로 갈아입는 것 같았다.

"교과서 잘 챙겼어?"

엄마가 다림질하며 물었다.

"응, 챙겼어." 나는 태연한 표정으로 대답했다.

사실은 엄마가 가방을 열어보면 어쩌나 싶어 가슴이 두근거렸다. 편의점에서 복사해 온 수백 장에 달하는 성명문을 교과서 사이에 끼워 숨겨두었다.

니나를 만나 서둘러 학교 쪽으로 걷는데, 근처에 있던 동급생과 선배들이 나를 발견했다. 가끔 "지니" 하고 부르는 소리가 들려 고개를 돌리면 웃는 얼굴로 손을 흔들어주는 친구도 있었다. 그러면서 "잘 왔어" 하고 꼭 덧붙였다.

선배들은 작은 목소리로 자기들끼리 뭔가 소곤거리기만 했다. 나는 그들 사이를 씩씩하게 걸어갔다. 물론 허세를 부린 것이었지만 기분은 좋았다.

학교는 아무것도 변하지 않았다. 경비 아저씨가 입구에 서서 언제나처럼 학생들을 맞았다. 나는 가방에 숨겨둔 성명문 때문에 마음이 켕겨 순진한 척 웃음을 띠며 인사를 하곤 허둥지둥 신발장으로 향했다. 거기서 오랜만에 실내화를 꺼내 신자 학교에 왔다는 실감이 들었다.

니나에게 이끌려 2층에 있는 빈 교실로 들어갔다. 중학교 1학년부터 3학년까지 전교 여학생들이 그 방에서 체육복을 치마저고리로 갈아입고 있었다.

교실 창에는 이중 커튼이 드리워 있어서 태양 빛이 완전히 차단됐다. 평소엔 거기서 수업을 듣는 일이 없었다. 그 교실에 마지막으로 들어간 건, 내가 치즈핫도그를 사러 갔다가 싸움을 벌인 고등학생과 량 선생님과 함께 이야기를 나눌 때였다. 전구가 몇 개 나간 어스름한 교실에서 여학생들은 체육복을 치마저고리로 갈아입었다. 나는 흡사 카메라 렌즈 너머에서 보듯 그 광경을 멍하니 바라봤다. 니나 포함 여학생들이 모두 자연스럽게 옷을 갈아입고 있었다. 나는 그것이 너무도 불쾌했다. 어째서 이렇게 당연하다는 얼굴로 옷을 갈아입을 수가 있지. 농담을 주고받고 웃기까지 하면서.

―3주. 3주일이 지나면 이런 것도 일상이 되나. 절대로 안 된다. 결코 이런 게 일상이 되도록 놔둘 수 없다. 우리는 깨닫고, 인식하고, 생각해야만 한다. 나쁜 건 협박을 하는 놈들이다. 이것만큼은 틀림없는 사실이다. 하지만 왜. 애초에 왜 우리가 협박을 받아야 하지? 우린 그것부터 직시하고 생각해야 한다. 나쁜 것은 누구인가. 이유는 무엇인가. 그 핵심은 무엇인가.

"뭐 해. 빨리 안 갈아입고. 나 먼저 간다?"

새하얀 소매에 가는 팔을 집어넣으며 니나가 말했다.

니나는 조선 전통 예능인 조선 무용을 하는 무용부에 소속돼 있었다. 어릴 때부터 춤을 배웠는지 몸에 밴 섬세한 손놀림으로 정성스럽게 치마저고리의 긴 옷고름을 빙그르르 돌리고는 왼쪽 가슴에 반쪽 매듭을 지었다. 발목이 겨우 보이는 긴 치마에는 가느다란 주름이 여러 겹 잡혀 있어서 춤을 추듯 우아하게 흔들렸다.

니나는 머리칼을 끌어 올려 동그랗게 말고는 검은 고무줄로 단단히 묶었다. 춤이라도 추듯이 두 손으로 부드럽게 옷깃을 매만진 뒤 소매를 고이 쓰다듬으며 주름을 폈다. 그러고는 치맛주름을 한 칸 한 칸 확인하고 손질하더니, 이윽고 고개를 들어 만족스러운 미소를 지었다.

아름다웠다. 정말 잘 어울렸다. 나는 갑자기 울고 싶어졌다.

"괜찮아?"

"지금 생각났어."

"뭐가."

"저고리를 깜박했어." 나는 또 거짓말했다.

"어, 진짜?" 니나는 조선말로 말했다.

"응."

"선생님한테 말하면 돼. 체육복이 튀긴 하겠지만."
"상관없어. 어차피 뭘 입어도 튀니까."

니나는 교무실까지 같이 가줬다. 오랜만에 나를 본 선생님들은 탄성을 지르며 웃는 얼굴로 맞아줬다. 량 선생님은 "오랜만이야!" 하고 조선말로 말을 건네며 울먹이는 얼굴로 뜨겁게 날 안았다. 나는 가만히 있었다.

치마저고리를 안 가져왔다고 하는데 옆에서 듣고 있던 로리콘 교사가, 신경 쓰지 마라, 하면서 끼어들었다. 난 우선 네, 하고 대답했다. 다른 선생님들도 교대로 와서 내게 비슷한 인사를 반복한 탓에 꽤 피곤했다.

겨우 교무실을 뒤로하고 그리운 교실로 돌아오자 다시 "오랜만이야, 잘 왔어" 하는 인사가 쏟아졌다.

"지니야! 너 오길 기다렸어. 걱정 많이 했어."
"고마워. 미안."
"어? 저고리는?"
"깜박했지 뭐야."
"그랬구나, 괜찮아. 신경 쓸 거 없어."
"지니! 안녕, 어서 와! 학교 왔구나."
"응, 안녕."
"기다렸어. 다들 얼마나 걱정했다고."

"미안, 고마워."

"어, 2층에서 저고리 갈아입을 수 있는데?"

"응, 알아. 깜박했어."

"저런."

"어—, 지니네? 드디어 왔구나! 안녕, 오랜만이야."

"오랜만이다."

"괜찮아? 잘 지냈어?"

"응, 괜찮아. 너도 잘 지냈어?"

"그럼, 다들 잘 지냈어."

"그래, 다행이네."

"어? 체육복 입었네?"

그래, 체육복 입었어, 잘 지냈어, 괜찮아, 걱정해 줘서 고마워.

……인사를 하느라 너무 지쳐서 수업 내용은 하나도 기억나지 않았다. 다만 눈에 들어오는 초상화를 무의식적으로 노려보느라 두통이 생길 지경이었다. 책상에는 팔 외에 아무것도 올리지 않았다. 하지만 이제 막 상태가 호전되고 있는 걸로 보이는 내게 뭐라고 하는 사람은 없었다. 선생님들 모두 날 신경 쓰며 격려해 줬다.

"지니야, 나 먼저 체육관에 가 있을게."

니나가 나와 김씨 일가 사이를 비집고 들어오며 말했다.

"체육관? 거긴 왜."

"좋은 소식이 있다고 전화로 말했잖아?"

"뭐 하는데. 그럼 수업 시간 줄어드는 거야?"

"아마, 한 시간쯤."

"잘됐다. 주문 외는 걸 듣고 있으려니까 졸려서 미치겠더라고."

"주문이라니―." 니나는 복잡한 미소를 지었다.

나는 1층 셋째 줄에 앉아 있었다. 니나는 어디도 없었다.

무대 위 새빨간 커튼이 열리자 김일성 김정일의 거대한 초상화가 모습을 드러냈다. 한 손에 마이크를 든 아저씨가 조선말로 연설을 시작했다. 연설 도중에 전교생과 선생님들의 박수갈채가 터져 나왔고, 다들 기뻐하는 모습이었다.

"향은아, 향은아!"

내가 뒤돌아 대각선으로 앉은 향은을 불렀다.

"쉿! 왜? 무슨 일이야?"

"지금 뭐래?"

"내일부터 다시 치마저고리 입고 등교하래. 그뿐이야."

"―거짓말. 거짓말이지."

"저기 앞에 봐봐, 니나가 나와."

무대로 고개를 돌리자 열 대의 북이 똑바로 한 줄로 늘어서 있었다. 일본 북하고는 다르게 2미터쯤 되는 높이에 프라이팬만큼 커다란 북이 매달려 있다. 그 앞에 서서 팔을 쭉 펴고 북채로 두드리면 닿을 높이였다.

체육관은 태풍 전야처럼 고요한 긴장감이 팽팽하게 감돌았다. 그때 스피커에서 우렁찬 소리로 조선 민요가 흘러나왔다. 환상적으로 맑고 깨끗한 겨울 바다를 상상하게 만드는 아름다운 의상으로 몸을 감싼 니나가, 선녀처럼 두 손을 크게 벌리고 공중을 헤엄치듯 춤을 추고 있었다. 양 손끝으로 뻗은 의상이 마치 팔에 붙은 것처럼 하늘하늘 움직였다.

니나는 상급생에게 둘러싸여 있었지만 당당했다. 나는 감동으로 몸을 떨었다.

"양순아!"

관객석에서 누군가 소리쳤다. 무대에 서 있던 여자애가 혼자 부끄러운 듯 미소를 지었다.

두 손에 북채를 쥔 열 명 전원이 관객석을 향해 북 앞에 줄지어 섰다. 스피커에서 흐르는 민요에 박자를 맞춰가며 왼손에 쥔 북채로 한 번, 두 번, 그리고 세 번 북을 두드리고, 그다음에는 연달아 북을 울리며 상반신을 뒤로 젖힌 자세로 그 자리에서 빙그르르 돌았다. 열 명 모두 박자가 딱딱 맞았다. 빙 돌았는데도 아무도 북 연주를 틀리지 않았다. 큰 박수가 터져 나왔다. 나도 손바닥이 아플 정도로 박수를 보냈다.

니나는 만면에 미소를 띠며 오른쪽에서 세 번째 북을 치고 있었다. 지어낸 미소가 아니라, 정말로 행복이 느껴지는 힘찬 웃음이었다. 니나는 북 앞에 웅크리듯 주저앉아 작게 파도치듯 두 팔을 팔락였다. 파도는 처음엔 작더니 점점 더 커졌다. 니나가 웅크린 자세로 춤을 추는 사이, 양쪽에서는 서서 북을 치고, 다시 그 옆의 두 사람이 니나처럼 웅크렸다. 빛나는 푸른 의상이 살아 있는 것처럼 한들거렸다. 한 줄로 섰던 열 명은 곧 5 대 5로 갈라져 교대로 일어나 북을 치며 춤을 췄다. 마치 서로 싸우는 듯했다. 어느 쪽이 이길까, 나는 긴장해 침을 삼켰다.

"니나!"

두 줄 뒤에 서 있던 재환이 소리쳤다. 뒤돌아본 나와 눈이 마주치자 재환은 빙긋 웃었다.

나는 하나, 둘, 하고서 입을 움직였다.

"니나!"

재환과 내가 한목소리로 외치는 소리에 니나는 입을 크게 벌리고 웃었다.

니나의 춤은 멈추지 않고 이어졌다. 태어날 때부터 저 아름답고 푸른 의상을 입은 게 아닐까 싶을 정도로 매혹적이었다. 교대로 차례차례 펼쳐지던 북과 춤이 점차 하나가 되면서 흐트러짐 없이 전원이 같은 높이로 두 손을 들고, 같은 속도로 공중에서 춤을 추고, 같은 힘으로 북을 쳤다. 화해한 것인지, 전쟁이 끝난 것인지, 다시금 평화가 찾아온 것인지—.

"그럴 리가 있나."

니나의 등 뒤로 숨어 있던 김씨 일가의 초상화가 웃고 있었다.

곡이 끝났다. 니나를 포함해 열 명의 무희가 다 같이 모여 인사를 하더니, 해냈다는 만족감에 겨운 미소로 관객석을 향해 크게 손을 흔들었다. 체육관은 우레와 같은 박수갈채로 가득했다. 흥분이 1층부터 2층 구석구석까지 흘러넘쳤다.

니나는 나를 찾는 듯했다. 내가 손을 흔들자 금세 알아채고 이를 드러내며 활짝 웃고는 자기도 손을 흔들었다. 그런 니나의 모습과 거대한 초상화가 같은 시야에 들어왔을 때, 니나가 한 말이 떠올랐다.

"지니 넌 뭐든 생각이 너무 지나쳐." 그때 니나는 전화로 그렇게 말했다.

생각이 지나치다. 그럴지도 모른다.

"네가 초상화에 대해 생각한다 해도, 우리 같은 힘없는 애들이 뭘 어쩌겠어."

그럴까. 우리는 힘 같은 거 없을까.

"확실히 그 초상화는 뗄 수만 있다면 나도 떼고 싶어. 볼 때마다 기분이 나쁘니까."

그럼 떼자. 같이 떼버리자.

"하지만 우리 같은 아이들이 어쩔 수 있는 문제가 아니잖아."

아이들, 아이들. 그런 건 변명이야.

"생각해 봤자 헛수고라고."

하지만 만약 정말로 누가 수돗물에 독을 타서, 그걸 니나가 마신다면? 그래도 생각하는 일이 헛수고일까?

"누가 나서서 그런 무모한 짓을 하겠어. 꾸중을 들을 게 뻔하잖아."

그런 짓을 저지를 만한 인간을 딱 한 사람 알아.

"혁명이라도 일어나지 않는 한, 그건 거기 쭉 있을 거야, 알겠어?"

알았어. 알았다고.

무대 위에 선 니나는 미소를 띠고 있는 초상화 앞에서 마지막으로 한 번 더 나에게 손을 흔들었다.

처음이자 마지막 혁명

무용 공연이 끝나고 우리는 각기 교실로 돌아갔다. 나는 누구보다 먼저, 제일 빨리 체육관에서 뛰어나왔다. 오른쪽에 있는 중등부 건물을 향해 바람을 가르며 전속력으로 달렸다. 조선학교 건물 외관은 잿빛 콘크리트뿐이라 흡사 폐허와도 같았다.

로비에서 실내화를 갈아 신지도 않고 교실로 달려 올라갔다. 아무도 없다. 조용하다. 선생님도 경비원도 누구도 없다. 나의 발소리와 헐떡이는 숨소리만 복도를 울렸다. 속도를 늦추지 않고 계단을 달렸다. 두 칸씩 뛰어오르며 가볍게 점프했다. 1학년 교실은 제일 높은 층이다. 나선형 계단을 오르며 1층, 2층, 3층, 몇 번이고 원을 그리며, 이윽고

4층 교실에 도착했다. 아무도 없는 교실은 아주 신성한 장소처럼 보였다. 베란다 창문으로 들이치는 햇살이 반쯤 커튼에 가려져, 빛의 부드러운 그림자가 교실을 따뜻하게 감싸고 있었다. 교실이 한층 더 사랑스러워 보이도록 연출한 듯하다. 빛 속을 날아다니는 먼지마저도 작은 요정 같다. 다만 칠판 위에 언제나처럼 버티고 앉은 김씨 일가가 그걸 더럽히고 있었다. 북조선은 지배할 수 있을지 몰라도, 국경 넘어 일본의 조선학교까지 그럴 수 있을 거라곤 생각하지 마라. 학교의 체제 때문에, 어른들의 시시한 자존심 때문에 소중한 내 친구까지 상처 입게 된다면, 학교랑 같이 박살내버리고 네놈들도 지옥으로 보내주겠다.

나는 내 책상으로 달려가 서둘러 가방에서 성명문을 꺼낸 뒤 다시 복도로 나갔다. 벌써 학생들이 계단을 우르르 올라오는 발소리가 들렸다. 순진한 웃음소리부터 남자애들이 장난치는 소리도 들린다. 수십 장의 성명문을 적당히 손에 움켜쥐었다. 그러고는 소리 나는 쪽을 향해 단숨에 내던졌다. 종이가 공중에 흩날렸다. 바로 앞에 떨어진 것도 있고, 예상대로 아래층으로 떨어진 것도 있었다. 수많은 종이가 변화와 자유를 찾아 날갯짓했다. 그 모습을 확인한 후 복도에도 뿌려대며 씩씩하게 걸었다. 기다란 복도에 종이가 삼색 고양이의 얼룩무늬처럼 듬성듬성 떨어졌다.

"뭐가 떨어지는데." 한 남자아이의 조선말 소리가 계단에서 울렸다.

그 목소리를 뒤로하고, 후다닥 교실로 돌아가 교탁 위로 올라갔다. 몇 장 안 남은 성명문을 천장으로 집어 던져 다 뿌렸다. 최후의 성명문은 나뭇잎 사이로 반짝이는 햇빛처럼 확실한 흔적을 남기며 떨어졌다. 그런 다음 칠판 쪽으로 뒤돌아 초상화에 손을 뻗었다. 초상화는 벽에 끈으로 걸려 있을 뿐이라서 쉽게 뗄 수 있었다. 벽에는 깔끔한 장방형의 흔적이 남았다. 대체 얼마나 오래 교실에 걸려 있었으면 이렇게 진한 백색이 남았을까. 상상하는 것만으로도 등골이 오싹했다.

"지니야, 지금 뭐 해?"

재환이 보건소에서 탈주한 미친개라도 보는 듯한 눈으로, 교탁 위에 서서 초상화를 안고 있는 날 올려다봤다. 만약 그날 게임센터에 재환이 나타났더라면 어땠을까―문득 그런 생각에 눈물이 날 것만 같았다.

"지니야, 침착해."

재환은 나를 자극하지 않으려고 조심스레 다가오며 달래듯 말했다. 다른 애들은 굳은 표정으로 조용히 지켜보고 있었다.

"이케부쿠로 게임센터, 파르코 지하에."

"뭐?"

"가지 마."

나는 그렇게 말하며 단숨에 초상화를 내동댕이쳤다. 비명이 일었다. 초상화가 교탁 모서리에 부딪혔다. 액자 유리가 깨지며 파편이 바닥으로 흩어졌다. 김정일은 드디어 맨살을 드러냈다. 뭐가 문제인지 알아냈니. 사진이 내게 속삭였다. 교실 출입문에는 사람이 잔뜩 모였다. 그들 모두 숨죽이고 있었다.

"무슨 소란이냐." 로리콘 교사의 목소리가 들렸다. 시간이 없다.

"북조선은—" 내가 목소리를 높였다. "김씨 정권의 소유물이 아니다. 우리는 살인자의 학생들이 아니다. 초상화는 이 순간을 기점으로 배제한다. 북조선 국기를 탈환하라!"

정신을 차려보니, 그렇게 외치고 있었다.

"지니, 너—."

로리콘 교사는 교탁 위에 선 나를 보자마자 난생처음 보는 얼굴로 학생들을 밀치고 내게 달려왔다. 나는 교탁에서 뛰어내렸다. 베란다로 나가려 했을 때—충격음이 울려 퍼졌다. 대포동이라도 장착한 건가—깜짝 놀라 뒤돌아보니, 로리콘 교사의 다리가 책상에 매달린 가방에 걸리면서 책상이 쓰러지고 누군가의 교과서와 필통이 와르르 쏟아졌다. 이어서 량 선생님도 쫓아왔다. 초조해진 나는 베란다 문을 힘껏 열어젖혔다. 문 유리가 깨지나 싶을 만큼 큰 소리가 났다. 하지만 확인할 여유 따윈 없다. 4층에서 내려다보니 학생들은 이미 건물 안으로 이동한 듯했다. 밖에는 사람 그림자도 없었다. 지금이 기회다. 팔을 뒤로 크게 휘둘러 두 개의 초상화를 냅다 밖으로 던졌다. 지면에서 완전히 붕괴하는 모습을 끝까지 지켜보기도 전에, 나는 로리콘 교사와 량 선생님에게 두 팔이 잡혀 질질 끌려 들어왔다.

차마 재환의 얼굴을 볼 수 없었다. 여자애가 훌쩍이는 소리가 들렸다. 그대로 복도까지 끌려 나왔을 때, 훌쩍이는 소리의 주인이 윤미였다는 걸 알 수 있었다.

"대체 왜."

윤미의 입 모양이 그렇게 움직인 듯 보였다. 니나의 모습은 어디에도 없었다.

어떤 공간

이상과 정상을 가려내는 것은 누구의 작업인가. 신인가. 아니면 인간인가. 나는 그 두 세계의 틈새에 끼어 있었다. 선고만을 기다렸다. 바깥 세계에서는 완전히 숨겨졌다. 하지만 이쪽 세계는 틀림없이 존재했다. 저쪽 세계 없이 이쪽 세계가 존재할 순 없으니. 하나의 별 안에는 여러 개의 공간이 있었다. 그 모든 공간에 발을 들이는 인간은 흔치 않으리라. 또 수많은 공간을 여행한 인간은 이렇게 말하리라.

"인생은 그저, 서툰 농담일 뿐이야."

제대로 산다는 것. 누군들 좋아서 그렇게 살까. 인생은 웃는 자의 승리다. 예전에도 그랬고 지금도 앞으로도 쭉, 하루하루 웃는 사람이 승자다. 대궐 같은 집이나 값비싼 자동차가 아니다. 구멍이 숭숭 난 집이라 해도 놀러 온 바람에게, 모처럼 왔으니 구운 민물고기 냄새라도 맡게 해주자는 정도의 근성이 없다면, 너 같은 거한테 관심 없다. 아무리 불쌍하고 가엾더라도 질질 짜는 놈들이 세상에서 제일 싫다.

"누가 담배 좀 줘봐." 시험 삼아 툭 던져봤다.

벽지가 담배 연기로 누렇게 바랜 듯 보였기 때문이다. 하지만 실내는 금연이었다. 벽지는 군데군데 찢어져 있었다. 거무스름한 데도 있고 얼룩 같은 게 묻어 있기도 했다. 그 얼룩이 사람 얼굴로 보이지 않아서 다행이었다.

몸을 일으켜 언제나처럼 창가 탁자에 걸터앉았다. 창문은 자물쇠가 채워져 있어서 방 안 공기를 환기할 수가 없었다. 창밖으로 기분 좋게 흔들리는 나무를 보며 가만히 눈을 감았다. 바람을 맞는 상상을 하며 손끝으로 귓가에 흘러내린 머리칼을 쓸어 올렸다. 머리칼이 물 흐르듯 휩쓸려 목덜미에 닿자, 정말로 바람을 쐬고 있는 것만 같은 기분이 들었다.

이곳에는 아무것도 없었다. 지금의 내게는 아주 좋은 일이었다. 하지만 규칙이 많았다. 아침엔 7시 반에 일어나 아침 식사를 해야 했다. 자고 있더라도 반드시 깨우러 왔다.

점심 식사는 12시, 저녁 식사는 6시였다. 그사이 빈 시간은 요일마다 하는 일이 정해져 있었다. 예를 들면 첫날인 수요일은 요가 비슷한 스트레칭을 했고, 목요일은 피아노 선생님이 와서 노래를 불렀다. 금요일은 전체 생활 미팅을 하고, 토요일은 쉬었다. 일요일은 식당에서 노래방 기계로 노래하며 시간을 보냈고, 월요일은 바깥세상으로 여행을 떠나기 위한 공부를 했다. 화요일은 러닝머신 등을 사용해 운동했다. 여기에 참가하면 선생님이 스탬프를 찍어줬다. 스탬프는 많을수록 좋다. 진심으로 이 정신병동에서 퇴원하고 싶다면 말이다. 그렇지 않은 사람은 스탬프 같은 거 필요 없겠지.

천국에 계신 할아버지께

　만약 눈앞에서 아이들이 괴로워하고 있다면. 만약 어른들이 자존심을 조금만 버려도 수많은 일들이 해결된다면. 그래서 조금이라도 아이들이 밝은 미래로 나아갈 수 있다면. 어른은 아이를 위해 노력해야 하는 게 아닐까. 세상의 차별과 불평등에 목소리를 내다가 주류에서 외면당한다 해도. 그것이 민족의식 강화를 촉구하는 길이 아닐까. 강연회에 가더라도 옛날 조선 이야기만 해. 현재 문제로 들어가면 다들 한국 측 시점에서 역사 문제를 들여다봐. 민감하지 않은 남북 이야기를 적절히 섞어가며 이야기하지. 우리가 조선학교에 있는 한, 끝까지 북조선 문제를 파고들어야 하는 게 아닐까. 교내에 한국 대통령 초상화가 있나. 없어. 그런 건 어디도 없어. 조선학교에 다니면서 어째서 현재 북조선 문제를 외면하려고 하지. 학교는 정치와 상관없다고들 해. 그렇다면 어째서 정치적인 것이 교내에 있지. 감사의 표현이라니 세상에 그런 이유가 어디 있어. 감사한 사람만 알아서 감사해하고, 아이들을 위해 사진은 떼도 되잖아. 어른들은 치사해.

아이들을 협박하는 일본인이나, 아이들이 희생돼도 변함없는 학교 인간들이나, 간단히 사람 목숨을 빼앗는 빌어먹을 김씨 독재자나 전부 다 같이 엿이나 먹어라. 할아버지, 난 절대 외면하지 않겠어. 어떻게 외면해. 만난 적은 없지만 피로 이어진 가족이 북조선에 있는데. 그러니 할아버지, 난 결단코 외면하지 않을래. 모두를 다 적으로 돌린다 해도 외면하지 않을 거야.

그렇지만 할아버지, 하나만 알려주세요. 할아버지는 진짜로 북조선이 좋은 나라라고 생각해서 그런 편지를 보낸 거예요? 그렇게 쓰지 않으면 위험해서 그런 거죠? 할아버지 눈으로 직접 본 건 뭐였나요? 편지를 쓸 때 어떤 기분이었어요? 나는 할아버지의 소중한 사람에게 상처를 줬어요. 나는 눈곱만큼도 좋은 아이로 자라지 못했어. 할아버지의 딸 애린. 애린의 남편이 된 지니의 아빠. 두 사람에게 남은 건 무너져 버린 작은 가족뿐이에요. 밥도 못 먹어서 면

회 올 때마다 말라가고 있는 걸 알 수 있어요. 엄마 아빠 등에는 말이죠, 피로감, 이라고 크게 박힌 글자가 보여요. 난 가족의 웃는 얼굴을 빼앗았어요. 할아버지, 난 이제 어떻게 하면 좋을까요. 니나는 쇼크로 등교도 못 한대요. 지금은 아무하고도 말하고 싶지 않대요. 그런 걸 원한 건 아니었는데. 치마저고리를 입고 안심하고 학교에 다닐 수 있길 바란 것뿐인데. 천국에서 이 편지를 읽고 계신다면 알려주세요. 내가 무슨 짓을 한 거죠. 난 이제 어쩌면 좋아요. 내가 맞서야 할 상대는 어디에 있을까요. 누구일까요. 내가 틀린 거예요? 나는 이름을 잃어버렸어요. 일본 이름도, 한국 이름도, 더는 어느 쪽도 말할 수 없어요. 아무래도 그런 기분이 들어요. 싸우고 싶어도 내 결의가 불꽃처럼 흔들리며 흩어지는 것만 같아요. 학교가 아니라 소중한 사람들을 생각하면 내 안에 모순이 느껴져요. 조선학교는 위험을 감수하고라도 다니겠다는 사람들을 위한 학교였을까. 의문을 품은 인간은 묵묵히 떠날 수밖에 없는 걸까. 학교에 다니는 위험이란 과연 뭘 말하는 걸까. 생각하면 생각할수록 머릿속이 복잡하게 뒤엉켜서 혼란이 커져만 가요. 그러니 지금은 아무것도 하지 않겠다고 다짐할게요. 하지만 잊을 수는 없어요. 잊을 리가 없어. 절 받아 주신다면 언젠가 할아버지와 함께 다 같이 천국에서 만날 수 있을까요. 그렇게 되길 바라는 저를 용서해 주세요.

　　　　　　　　　　　　　　　　　　　　지니 드림

시간의 조각

우리의 역사는 아무도 관심 없는 교과서 따위가 아니다. 우리의 역사는 음악 안에 있다. 우리가 흘린 눈물은 시詩 안에 있다. 사위는 어둠에 잠기고 이 비참한 생은 희미한 소리도 없이 끝나리라고 생각한 와중에도 노래하기를, 춤추기를, 환하게 웃기를 잊지 않았던 할아버지의 그 마음은, 시공을 넘어 우리와 함께 있다. 그 혼을 이어받은 우리가 최선을 다해 살아가는 한, 음악이 멎는 일은 없으리라. 우리의 시는 끝없이 늘어나리라. 그 어떤 변화가 찾아온다 해도 우리의 역사는 끊어지지 않으리라. 두려워 마라. 이 세상은 교과서보다도, 예술로 가득하다.

젤리 곰

➤

조금 전까지 바라보던 밤하늘이 그리워, 다시 밖으로 나왔다.

일박에 20달러인 값싼 모텔에는 온수풀이나 자쿠지°도 없었다. 주변에는 레스토랑이나 바도 없고, 15분쯤 걸어 나가야 세븐일레븐이 있는 정도였다. 접수 창구에서 라지 사이즈 콜라를 물처럼 마시던 아주머니는 9시가 되자 불을 끄고 퇴근해 버렸다. 요금은 전액 선불이라 제일 먼저 방 계약서에 사인을 해야 했다. 그것만 있으면 손님이야 어찌 되건 아무 상관이 없는 것 같았다. 주차장에는 소형 트럭과

○ 기포가 나오는 기능이 있는 욕조.

승용차가 두 대 서 있었다. 어젯밤은 너무 조용해서 잠을 이룰 수가 없었고, 아침이 돼서야 겨우 눈을 붙였다.

비는 한참 전에 개었다. 차가운 바람이 볼에 닿았다. 구름 한 점 없었다. 저 멀리 비행기가 보였다. 나는 통로 철책에 두 다리를 끼고 바닥에 앉았다. 청바지가 지면에 남아 있던 빗물에 젖어드는 걸 느꼈다. 학교 복도가 떠올랐다. 철책 사이에 머리를 살짝 끼우듯이 다가가 눈을 감았다. 심호흡하자, 내가 누구고 어디에 있는지, 아주 조금은 잊을 수 있을 것 같았다. 공중에서 두 다리를 흔드니 정말로 허공에 떠 있는 듯해서, 그대로 다른 행성으로 날아갈 것만 같았다.

"자니?"

남자 목소리가 들렸다. 무거운 눈꺼풀을 천천히 드는데, 주차장에 있던 트럭 옆에 긴 머리칼을 늘어뜨린 남자가 서 있었다. 그는 애교 있는 미소를 지으며 왼손에 든 봉지를 내게 보였다.

"젤리 곰 먹을래?"

"아니, 됐어."

"그래? 어쩌나. 나도 필요 없어졌는데."

젤리 곰은 젤리일 뿐이다. 가치도 뭣도 없는, 그냥 간식이다.

"그냥 너한테 이 젤리 곰을 주고 싶어. 이것만 주고 곧장 사라질게."

나는 고민 끝에 별달리 미소도 짓지 않고, "오케이" 하고만 대답했다. 남자는 "좋았어"라고 하며, 왼편 계단을 달려 올라 곧장 내게로 왔다. 그리고 나처럼 난간 철책 사이에 두 다리를 넣고 엉덩이를 대며 풀썩 주저앉더니, 활기차게 공중에 다리를 흔들며 젤리 곰 봉지를 뒤적거렸다. 흡사 유치원생 같은 태도였지만, 얼굴을 보니 나보다 열 살은 많아 보였다.

"사실은 말이야. 초록색 곰을 다 먹어버렸어. 빨간색도 괜찮니?"

"응, 상관없어. 신경 안 써."

"음, 그럼 내가 노란색을 먹어야겠네."

"초록색이 젤 좋아하는 색이야?"

나는 입속에 빨간색 곰을 넣고 씹으며 물었다.

"그렇지."

"나도 초록색이 제일 좋은데."

"거봐, 우린 잘 통할 것 같았어. 더 먹을래?"

남자는 봉지를 내밀며 말했다. 나는 남자를 흉내 내며 봉지를 뒤적거렸다. 제일 밑에 있는 젤리까지 뒤엎으며 신중히 들여다보다가 초록색 곰 한 마리를 발견했다.

"럭키 미!" 내가 소리치며 남자에게 초록색 젤리 곰을 보여줬다.

"럭키 유!" 남자는 놀란 얼굴로 기쁜 듯 나를 봤다. 남자의 눈동자는 웃으면 찌부러져서 사라져 버렸다. 나는 정면을 보도록 자세를 고쳐 앉으며, 최후의 초록색 젤리 곰을 입속으로 던져 넣었다.

"넌 어디로 가?"

"어디라니?"

"여행하는 거 아니야?"

"아니. 내일 집에 갈 거야."

"가족이 여기 있어?"

"가족은 아니고. 홈스테이하고 있거든."

"내일은 돌아가야 하니?"

"그러기로 약속했으니까."

"아쉽네. 혹시 괜찮으면 같이 가지 않겠냐고 물어볼 생각이었는데."

"어딜?"

"샌디에이고. 캘리포니아주에 있는."

"샌디에이고는 알지. 뭐 하러 가는데?"

"동물원에 갈 거야."

"동물원?! 그거 때문에 며칠이나 차를 타고?"

"응, 전부터 쭉 가고 싶었거든."

"동물원은 거기까지 안 가도 더 가까운 데 있을 텐데."

"아니, 샌디에이고 동물원은 특별해. 다른 데하곤 비교가 안 되지. 아직 가본 적 없지만, 홈페이지를 보면 특별하다는 걸 금방 알 수 있어."

"동물이 왜 좋아?"

"이유는 단순해. 동물 중엔 나쁜 놈이 없거든. 그뿐이야."

"나쁜 놈이 없을까—. 얘기해 본 적이 없어서 모르겠네."

"하나 물어보자. 넌 쥐를 죽일 수 있어?"

"쥐?"

"그래."

"못 죽여."

"그럼 새는?"

"못 죽이지."

"개는 어때?"

"못 죽인다니까."

"사람은?"

남자가 내게 물었다.

"사람은, 죽일 수 있어?"

눈동자 속을 들여다볼 듯한 곧은 시선으로, 남자는 내게 한 번 더 물었다. 나도 남자의 눈동자를 가만히 응시했다.

예스라고도 노라고도 하기 싫었다. 내가 어떤 얼굴을 하고 있었을까. 남자는 "미안" 하고 중얼거리며 내 머릴 따뜻하게 어루만졌다. 마치 상처받은 고양이를 위로하듯이.

"나도 그래." 남자가 속삭였다.

그리고 더 작은 목소리로 "나도 그래" 하고 다시 한번 속삭였다. 나는 입을 다물었다.

"이거 다 줄게."

남자는 젤리 봉지를 내밀었다. 나는 고개를 가로저었지만, 그는 봉지를 남겨두고 자리를 떠났다.

이튿날 아침 8시, 나는 방을 나왔다. 주차장에는 여전히 트럭이 서 있었다. 관리인 아주머니는 오늘도 아침부터 햄버거에 라지 사이즈 콜라를 마시고 있었다. 나는 배낭을 짊어지고, 이틀간 기억의 단편을 엮은—공책을 손에 꼭 쥐고 카운터 앞에 섰다. 방 열쇠를 내밀자 아주머니는 부루퉁하고 무심한 표정으로 열쇠를 받아 들었다. 그러고는 내게 눈길도 안 준 채 고맙다, 라고 마음에도 없는 말을 했다.

다른 별

"여기 내려주세요."

나는 택시 기사에게 말했다. 아무것도 없는 산중이었다.

"정말 여기 내려도 되겠어?" 그는 의심스러운 표정으로 물었다.

"여기서부터 조금 걷고 싶어서 그래요."

택시 기사는 그래라, 하고 간단히 답했다. 택시비는 팁 포함 35달러였다. 어디 놀러 갈 일도 없고 해서 매달 50달러는 저축할 수 있었지만, 요 며칠 지출이 많아서 부담스러웠다.

스테퍼니네 집까지는 걸어서 10분쯤 걸렸다. 비가 내렸지만 하늘은 밝았고, 무척 아름답게 빛났다. 손에는 공책을 꼭 쥐고 있었다. 이제 기억이 달아날 일은 없을 거라고 확신하면서도 손에 들고 있지 않으면 불안했다.

집 앞까지 오니 창밖으로 하늘을 올려다보는 스테퍼니가 보였다. 담요로 몸을 감싼 채 한 손에 머그잔을 들고 있다. 분명 좋아하는 허브차를 마시고 있겠지. 스테퍼니는 사랑스럽고도 불안한 표정으로 먼 하늘을 바라보고 있었다. 나는 뜰로 들어가지 않고, 한동안 길가에 서서 그 모습을 지켜봤다. 얼마나 지났을까. 인적 없는 산속에 외따로 서 있는 사람의 그림자를 눈 나쁜 스테퍼니도 알아챈 듯했다.

스테퍼니의 모습이 보이지 않게 되자, 나는 천천히 현관을 향해 발걸음을 옮겼다. 힘차게 문을 열고 나타난 스테퍼니는 몇 년이나 못 만난 사람처럼 상냥한 미소로 나를 따스하게 안아줬다. 덕분에 다시 니나 생각이 났다. 주조역에서 날 기다리던, 그때 그 니나—.

"흠뻑 젖었네."

스테퍼니는 내 어깨에 담요를 두르며 말했다.

"괜찮아요, 오리건의 비는 이제 익숙하니까."

"넌 익숙하더라도 네 몸은 안 그럴걸. 감기 걸리기 전에 어서 들어가자."

스테퍼니는 내 어깨에 팔을 둘러 꼭 끌어안으며 거실로 향했다. 내가 모텔 방에서 스테퍼니에게 전화했을 때도, 아니, 지난 이틀 동안 쭉 내 걱정을 아주 많이 했다는 게 느껴져 마음이 아팠다.

스테퍼니는 날 의자에 앉히더니 제일 먼저 난로에 불을 지폈다. 그리고 커다란 타월을 가져와 내 머리 위에 덮어씌웠다. 정말로 엄마 같았다.

"학교로 돌아갈게요." 나는 애써 밝은 목소리로 말했다.

막상 말을 꺼내고 나니, 고름이 터져 나온 것처럼 후련한 기분이 들었다.

"어머, 너답지 않게. 어째서?"

스테퍼니도 나처럼 밝은 음색으로 물었다.

"뭐라 말하긴 어려운데."

"말하지 않으면 알 수가 없어."

"그렇담." 그러면서 잠깐 생각했다.

"조금 엉뚱한 이야기를 해도 될까요?"

"물론이지. 난 엉뚱한 이야기를 좋아해." 스테퍼니는 그렇게 말하며 미소 지었다.

"일본에 있을 때―아주 신기한 공간으로 여행을 떠난 적이 있어요. 물론 세상에 존재하기는 하는데 세상에서 완전히 숨겨진 장소이기도 했죠. 그 공간에 있을 때 종종 창에서 별을 바라봤거든요. 그러면 작은 별을 만나죠. 혹시나 싶어서 별에게 참 예쁘구나, 하고 말을 걸었는데 별이 이러는 거예요. 난 그저 우주를 날아다니는 쓰레기일 뿐이야, 라고. 왜 그런 말을 하냐고 물었더니 인간이 그렇게 말해줬대요. 그래서 나한테도 비슷한 이름이 있다고 했죠. 무슨 이름이야? 하고 묻기에 살짝 알려줬어요. 내 별명은 사회의 쓰레기라고. 우린 둘 다 쓰레기네, 하고 조금 웃은 뒤 별에게 되물었어요. 우주의 쓰레기가 그토록 아름답게 빛날 수 있다면 사회의 쓰레기인 내게도 반짝일 기회가 있지 않을까? 그러자 별이 대답했어요. 언젠가 네가 반짝일 날이 꼭 올 거야. 그다음 졸려서 내일 또 만나자, 하고 이별을 고하려는데 별이 말했어요. 이젠 못 만나. 내가 본 별은 그날 밤 무척 밝게 빛났지만, 사실 그 반짝임도 이미 한참 전의 것이라 내일은 더 이상 빛나지 않을지도 모른대요. 그래도 저를 달래주려는 듯 별이 말했어요. 내일은 또 다른 별이 반짝일 테니 괜찮아. 꼭 내가 빛나지 않더라도 다른 별이 반드시 빛나고 있을 테니 괜찮아."

"지니, 무슨 얘길 하고 싶은 거야?"

"저도 모르겠어요. 그저, 너무 열심히 살지 않아도 되는 게 아닐까. 그냥 남에게 기대 살아도 된다면 그러고 싶어요. 난 뭘 하면 안 돼. 아무것도 안 하고 그냥 살래. 그래도 괜찮잖아요. 다른 별이 늘 빛나니까. 그림자처럼만 살면 다들 안심할 거야. 눈에 띄는 그림자가 되어선 안 돼요. 사람들 눈에 띄는 그림자가 되면, 또 남들 앞에서 사고를 치게 되니까. 이번 두 번째 퇴학처럼—."

"있잖아, 지니."

스테퍼니는 속삭이듯 내 이름을 불렀다. 흔들리는 난로 불빛을 보는데, 언젠가 게임센터에서 본 빛이 떠올랐다.

"또 그 별하고 만날 일이 생긴다면 이렇게 전해줘. 다른 별이 늘 빛나는 건 당연한 거라고."

"응?"

"그렇잖아. 혼자만 반짝인다고 뭘 어쩌겠어. 당연히 빛은 많은 게 낫지. 누군가 어두운 얼굴로 그림자가 된다면 세상은 행복해질까? 그래서 빛과 그림자의 균형이 맞는단 소릴 할 거라면 솔직히 너랑 더 할 얘긴 없어. 하지만 그게 아니란 건 너도 알잖아?"

"……글쎄."

"다만 그 별이 딱 한 가지 옳은 얘기를 했네."

"—그래?"

"응, 인간은 누구든 반드시 빛나. 누구보다 빛나 보이는 순간은 우리 모두에게 있어. 네게도. 그 순간은 와야만 하고. 네가 노력해서 만들어야 해. 그림자가 되기 위해서가 아냐. 도망치면 안 돼. 도망치면 거기서 끝이야. 한번 도망치면 버릇이 돼서 앞으로도 쭉 도망치게 될 거야."

"하지만 내겐 과거가 들러붙어 있어요. 도망칠 구멍이 없는 과거가."

"그래. 과거를 바꾸는 건 불가능하지. 그러니 받아들이는 수밖에 없어, 지니."

"—하늘처럼?"

"하늘?"

"지금 그야말로, 하늘이 무너져 내린 것 같아요."

"하늘이 무너졌어—. 지니는 어떻게 할래?"

"우선 터널 안으로 도망칠까."

"그다음은?"

"……새카만 어둠이죠."

"뭐가 보여?"

"아무것도 안 보여."

"누가 있어?"

"아무도 없어."

"지니, 넌 어떻게 할래?"

스테퍼니는 핵심을 파고들듯 말했다. 나는 침을 삼켰다. 긴장으로 몸이 굳었다. 말해도 될까, 내 입으로 그 말을 뱉어도 될까. 스테퍼니는 내 걱정은 아랑곳하지 않고 가볍게 고개를 끄덕이며 미소 지었다. 굳어진 몸에서 힘이 빠진 순간이었다.

"—받아들일래, 하늘을. 받아들일 거야."

그 말을 뱉고 나니, 댐이 무너지듯 눈물이 와락 쏟아졌다. 나는 머리를 덮은 타월에 얼굴을 묻고, 갓난아기처럼 소리 내 울었다.

어쩌면 난 기다리고 있었는지도 모른다. 언젠가, 누군가 날 받아줄 날을. 떨어지는 하늘을, 그것이 어떤 하늘이라 해도 허락하고 받아들일 날을. 괜찮아, 그걸로 됐어, 하고 누군가 인정해 줄 날을 쭉 기다려왔던 건지도 모른다.

스테퍼니는 두 팔로 감싸듯 날 꼭 안았다. 그 품에 몸을 맡기듯 쓰러져 기대자, 끝이 보이지 않던 긴 여행을 끝내고 이윽고 집으로 돌아온 것만 같은, 그런 기분이 들었다.

한국어판에 부처

제목의 '퍼즐'에는 어떤 의미가 있나요? 이 책이 일본에서 출판된 것이 2016년, 아마도 그동안 가장 많이 받은 질문이었다. 지니의 기억 속 단편을 뜻하는 걸까요. 아니면 지니를 둘러싼 이 세계의 부조리함, 혹은 지니가 풀지 못한 민족문제, 차별, 폭력의 연쇄를 말하는 걸까요. 아니면 그 모든 것?

나는 뭐라고 대답했을까. 오래된 기사를 찾아보면 나오겠지만 그러고 싶은 마음은 조금도 일지 않는다. 결코 거짓말은 내뱉고 싶지 않다는 이유에서 골똘히 진실을 찾아내 말했을—나로서는.

나 말고 다른 사람 이야기는 하지 말자고 약속했다. 그

약속은 지금도 유효하다. 그러니 마지막으로 딱 한 번만, 가장 진실에 가까운 말을 찾아내 이야기하겠다.

우선, 애초에 이것은 소설이 아니다. 당신이 읽어준 몇 개의 짤막한 이야기로 묶여 있는 이 한 권의 책은, 내가 태어나서 처음으로 진지하게 쓴 반성문이었다. 왜 그걸 썼느냐 하면 누군가가 부탁했기 때문이다. "반성문을 써서 발표해 줘"라고. 그 말을 한 사람이 어디까지 진심이었는지는 모르겠다. 컴퓨터 전원을 켰을 때, 나는 그저 그대로 따랐다. 하지만 키보드에 손가락이 닿은 순간 언어가 달리기 시작했다. 이런 이야기는 아무도 원하지 않는다는 걸 알고 있으면서, 결국 나는 나와 지키고 싶었던 것을 향해 써나갔다.

2015년 7월, 나는 도쿄 아사쿠사에서 관광객에게 우산을 파는 작은 가게의 점원이었다. 언젠가는 아르바이트를 그만두어야 한다는 걸 늘 머리 한구석으로 생각하고 있었다. 하지만 내게는 아무런 능력도 없다. 잘하는 거라고는 어떤 날이든 웃는 일, 사소한 언행에 상처받고 화를 낸 뒤 깊이 반성하는 일. 잠자기와 울기는 잘 못했다. 그래서 회사 면접에서 떨어지기만 하는 사회 부적응자인 나는, 그러면서도 사실은 살아 있는 일에 능통했던 것 같다. 의기소침해지는 일은 거의 없었다. 그런 건 유능한 사람이나 할 수 있으니까. 그렇지 않은 사람은 그저 하루하루 살아갈 뿐이다.

우산 가게에서 일하면서 두 달 정도 만에 반성문을 다 썼다. 기세에 휩쓸린 글이라 읽기 어려울 듯하여 여러 개의 짧은 장으로 나누었다. 그러자 알맞게 여백이 생겨 오래전 페이스북에 올렸던 글도 넣으면서 퍼즐처럼 만들어 나갔다. 퍼즐 조각이 꼭 맞는다고 느꼈던 아침은 군조신인문학상의 응모 마감일이었다. 학생 때 한 번 응모한 적이 있었다. 당연히 1차도 통과하지 못한 그곳이 나에게는 훌륭한 휴지통이었다. 막 완성한 반성문에 『지니의 퍼즐』이라는 이름을 붙여 누런 봉투에 넣었다. 다시 읽는 일은 없었다. 그날 나는 우체국에서, 어리석은 나와 결별했다.

만약 학교 가는 길에 무서운 일을 경험한 아이가 있다면, 어른의 도움을 기다리는 아이가 있다면, 그 아이들에게 진심으로 사과하고 싶다. 어른이 된 나는 누구도 지킬 수 없었다. 어떻게 지켜야 할지 알지 못한 채 정신을 차려보니 가장 되고 싶지 않았던 어른이 되어 있었다. 언젠가는 더 나은 나에게로 다가갈 날이 올지 잘 모르겠다. 죽을 때까지 이런 생각만 하며 늙은이가 될지도 모른다. 그래도 아직 빛은 남아 있다고 믿고 싶다. 스스로 부끄러워할 줄은 알게 되었으니까. 한 명의 아이를—인간을, 아주 조금이라도 편안하게 만들 수 있는 책을 쓸 수 있으면 좋겠다. 여기까지 읽어주신 여러분, 고맙습니다.

최실

옮긴이의 글

 가만히 이 책을 덮고 뜨거워진 가슴을 식히려 밤하늘을 보는데 류 남매의 얼굴이 떠올랐다. 대포동 미사일 1호가 발사된 지 10년쯤 흐른 2009년의 일이다. 당시 나는 일본 초등학교에 다니는 한국계 류 남매의 한국어 선생님이었다. 도쿄의 한 대학원에서 일본 문학을 연구하며 시작한 아르바이트였는데, 어림잡아 100년쯤 된 일본 서적들에 둘러싸여 서생처럼 살다가 목요일 밤마다 너구리가 둔갑하듯 류 남매의 집에서 알록달록한 한글 교재를 펼쳐놓고 가나다라를 노래하곤 했다. 강단 있는 누나가 5학년, 장난꾸러기 남동생이 3학년. 우린 꽤 잘 맞았다. 단어 카드에서 '달리다'가 나오면 마구 달리고, '눕다'가 나오면 바닥에 드러

눕고, '숨다'가 나오면 숨바꼭질하는 식이었다. 지금 생각하면 공부라기보다는 놀이였는데, 소설 속 지니가 토요일마다 오던 한국어 선생님을 원망하는 대목에서 혼자서 뜨끔했다. 류 남매도 그런 생각, 했을지 모르겠네. 그랬다면 미안.

하루는 두 아이가 어깨가 축 처져 의기소침해 있었다. 이유는 알 것 같았다. 그날은 대포동 미사일 3호가 발사된 날이었다. TV를 켜면 반복해서 북한의 미사일 보도가 흘러나왔다. 당장이라도 북한이 전쟁을 일으킬 것처럼 소란을 피웠다. 일본열도 어딘가로 미사일이 떨어지는 그래픽 시뮬레이션은 긴장감을 고조시켰다. 우린 머리 위에 미사일을 얹고 살고 있다, 그것이 언제 터질지는 시간문제다, 저들의 변덕스러운 마음에 달려 있다. 평론가니, 패널이니 하는 어른들의 날 선 목소리가 쏟아져 나왔다. 이야기는 자연스럽게 오늘 있었던 일로 흘러갔다.

"학교에서 무슨 일 있었어?"

"아니, 특별한 건……. 그냥 분위기가 이상했어."

"애들이 무섭다고, 전쟁 나면 어떻게 하냐면서 나를 흘겨봤어."

남매는 주눅 들어 있었다.

"너희들 잘못이 아니야! 누가 뭐라고 하면 내가 다 상대해 줄게. 말만 해, 얍얍!"

허공에 손을 휘두르니 아이들이 웃는다. 언제나처럼 배를 잡고 나뒹군 건 아니고, 씁쓸하고 희미하게. 내내 마음이 쓰여서 그날은 더 열심히 웃다, 춤추다, 껴안다 같은 동사들을 시연했다. 그따위 미사일이니 신문방송이니 다른 애들의 시선 같은 거랑 상관없이 오늘 우리는 우리의 즐거운 수업을 하는 거야.

"정 센세, 우린 잘못한 거 없어요. 그죠?"

"그럼, 너희들은 잘못한 거 없어. 정말, 정말이야. 이 말은 진짜 믿어도 돼."

 그날로부터도 10년이 흘렀지만 변한 건 없다. 여전히 다수와 함께 소수가, 강자와 함께 약자가, 서로 다른 국적 종교 취향을 가진 사람들이 하나의 무리를 이루고 살기란 여간 어려운 일이 아니다. 다수의 무지·무감·무분별은 소수에게 무시무시한 칼이 된다. 그것은 인간의 심장을 도려낼 만큼 차고 예리하며, 그 현장은 인간의 영혼을 끝없는 나락으로 떨어뜨리기까지 하는 대단히 잔혹한 전쟁터다. 이 전쟁이 무서운 것은 피와 폭탄과 유해가 눈에 보이지 않는다는 점이다. 소수의 상처와 죽음은 때로 이 세상에 존재하지 않았던 것처럼 사라져 버리기도 한다. 아무리 울어도 돌아보는 이 없는 투명한 그림자를 가진 존처럼. 다수는 아무

일 없었던 것처럼, 자신은 태어나서면서부터 선한 사람이었고 우수하고 아름답고 훌륭한 인물이 될 수 있다고, 혹은 이미 되었다고 믿으며 소수의 잔해를 밟고 걸어가기도 한다. 또한 끔찍하게도 그런 것이 그럴싸한 역사가 되기도 한다. 아무튼 이 세상이란, 정말이지 잔혹한 곳이야.

이런 엉터리 같은, 부조리한 세상에 반기를 들기 위해 우리는 소설을 쓰고, 읽고, 퍼뜨리는 것이 아닐까. 그런 의미에서 이 소설은 우리 모두를 위한 작은 투쟁이자 혁명의 기록이다. 지니가 교실에 걸린 정치적인 초상화를 떼어내고, 모두를 향해 자신이 옳다고 믿는 것을 부르짖은 행위. 이것은 혁명의 원형과도 같다. 저자 최실이 이 소설을 씀으로써 자기 안의 응어리를 토해내고 이 세상의 표피 밑에 감춰진 실상을 토로하고자 하는 행위, 이 역시 그녀의 일생에서 반드시 거쳐야 할 투쟁인 동시에 우리의 삶을 돌아보게 만드는 힘이 있다. 일본의 젊은 소설가 아사이 료가 한 인터뷰에서 사람들에게 알리고 싶은 책으로 이 소설을 꼽으며 "'내가 이걸 꼭 써야만 한다!'라는 저자의 강한 열정을 느꼈다" 하고 언급한 것은, 그 역시 이 소설이 가진 혁명적인 불씨를 느꼈기 때문이리라.

누구에게나 자기만의 투쟁이 있다. 자기만의 혁명이 있다. 그것은 씨앗처럼 태어나면서부터 우리 모두 안에 심겨 있다는 생각이 든다. 그리고 세상 모든 혁명의 씨앗에는 용기가 필요하다. 껍질이 벗겨지는 고통 없이는 어떤 알도 부화하지 못한다. 그 모든 두려움과 고독을 이겨내고 자신이 옳다고 믿는 방향으로 밀고 나아가는 힘은 그야말로 드래건과 같이 경이롭고 힘차다. 어떻게든 세상과 맞서 싸우며 자기만의 혁명을 쌓아간 지니의 이야기가 강렬한 울림을 주는 이유도 거기 있으리라.

'하늘이 무너진다. 어디로 도망칠까?'

소설 속에서 지니에게 던져진 이 질문, 이것은 어쩌면 부화를 앞둔 모든 작은 생명에게 전하는 메시지인지도 모른다. 머리 위에서부터 사방이 무너져 내리고 있어. 하지만 도망칠 곳 따윈 없지. 우린 껍데기를 깨고 부화하는 중이니까. 우리의 절망과 고통을 안고 나름의 혁명을 소중히, 무사히, 어떤 힘에도 찌부러지지 않게 부화시켜야 해. 그러지 않는다면 세상은 변함없이 더 나빠질 테고, 더 살기 힘든 곳이 될 테니까. 이런 속삭임이 들려오는 듯하다. 지금도 세상 구석구석에서 부화를 준비하고 있을 수많은 지니와 류 남매, 그리고 다른 모든 작고 유약한 생명에게 이 소설이 내뿜는 겁 없는 불꽃이 전해지기를 빈다.

정수윤

지니의 퍼즐

초판 1쇄 인쇄 2025년 11월 28일
초판 1쇄 발행 2025년 12월 10일

지은이 최실
옮긴이 정수윤
펴낸이 김선식

부사장 김은영
콘텐츠사업본부장 임보윤

책임기획 채윤지 **책임편집** 채윤지 **디자인** 박영롱 **책임마케터** 최민경
콘텐츠사업2팀장 김보람 **콘텐츠사업2팀** 박하빈, 채윤지, 김영훈, 박영롱
마케팅사업1팀 이고은, 지석배, 최민경, 이현주, 김은지 **홍보1팀** 김민정, 홍수경, 변승주
브랜드사업본부장 정명찬
브랜드홍보팀 오수미, 서가을, 박장미, 박주현 **영상홍보팀** 이수인, 염아라, 이지연, 노경은
저작권팀 성민경, 이슬, 윤제희 **편집관리팀** 조세현, 김호주, 백설희
재무관리팀 하미선, 임혜정, 이슬기, 김주영, 오지수 **인사관리팀** 강미숙, 김혜진, 이정환, 황종원
제작관리팀 이소현, 김소영, 유미애, 이지우, 황인우
물류관리팀 김형기, 김선진, 주정훈, 양문현, 채원석, 박재연, 이준희, 최대식

펴낸곳 다산북스 **출판등록** 2005년 12월 23일 제313-2005-00277호
주소 경기도 파주시 회동길 490
대표전화 02-704-1724 **팩스** 02-703-2219 **이메일** dasanbooks@dasanbooks.com
홈페이지 www.dasanbooks.com **블로그** blog.naver.com/dasan_books
종이 스마일몬스터 **인쇄** 민언프린텍 **코팅 및 후가공** 제이오엘앤피 **제본** 국일문화사
ISBN 979-11-306-7337-0 (03830)

· 책값은 뒤표지에 있습니다.
· 파본은 구입하신 서점에서 교환해 드립니다.
· 이 책은 저작권법에 의하여 보호를 받는 저작물이므로 무단 전재와 복제를 금합니다.

다산북스(DASANBOOKS)는 책에 관한 독자 여러분의 아이디어와 원고를 기쁜 마음으로 기다리고 있습니다.
출간을 원하는 분은 다산북스 홈페이지 '원고 투고' 항목에 출간 기획서와 원고 샘플 등을 보내주세요.
머뭇거리지 말고 문을 두드리세요.